ウサギの王国

松雪奈々

幻冬舎ルチル文庫

CONTENTS ✦目次✦

ウサギの王国

✦カバーデザイン=chiaki-k
✦ブックデザイン=まるか工房

イラスト・元ハルヒラ✦

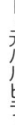

ウサギの王国

一

前略、おふくろ。異世界トリップって知ってるかい？

俺はいま、大変なことになっている——。


ことの起こりは昨日の昼間、瀬戸内に浮かぶ大久野島《おおくのしま》へやってきたことからはじまった。

この大久野島は別名うさぎ島とも呼ばれていて、野生の穴ウサギがわんさかいるウサギのパラダイスである。また戦時中、旧日本軍がここで毒ガスを作っていたとかで、毒ガス島という別名もあり、研究施設やら貯蔵庫やらの廃墟《はいきょ》がいまも残っている。レジャー施設や宿泊所もある、一風変わったリゾート島だ。

そんな島へなぜやってきたかというと、バカンスではなくれっきとした仕事のためだ。俺の生業《なりわい》はカメラマンで、出版社から旅行雑誌用の写真撮影を依頼されたのである。

観光客を尻目《しりめ》に主要施設の写真をあらかたカメラに収めると、あとは展望台からの景色を撮るだけになった。しかしこれは空が綺麗《きれい》な夜明けに撮りたいからひと晩は帰れない。ひまを持て余したのでビジターセンターでウサギの生態を学習し、その後は餌《えさ》を購入してウサギたちとたわむれた。

いい仕事を引き受けたものだ。と、この時点では思っていた。生まれてこのかた二十九年、親にも誰にも打ち明けたことがないが、俺はウサギが大好きだったりするからだ。

男のくせにウサギ好きだなんて恥ずかしいので黙っているが、あのもふもふ感がたまらない。長い耳がキュートだ。それから静かに遠くからこちらを窺《うかが》って、ぴょこたん走ってくるさまに萌《も》え萌《も》えしてしまう。

この島はウサギだけでなく、ウサギ好きの人間にとってもパラダイスだった。ただ、いい歳《とし》した男がたったひとりできゃっきゃうふふとウサギと遊んでいたら、かわいそうな人だと思われかねない。なのでほどほどにして切りあげて、島の端にある宿泊所へ戻って温泉に浸《つ》かったり昼寝をしたりとのんびり過ごしているうちに夜になった。

その夜は新月で、雲ひとつない満天の星空だった。これほど綺麗な星空を見るのは久々のことで、誘われるように、浴衣姿《ゆかたすがた》のままふらりと外へ出た。夕凪のあとに出てきた夜風が心地いい。このところ散髪へ行きそびれていたせいですこし伸びかけの髪が初夏の風にそよぐ。

星がよく見える場所といったら島の山頂にある展望台だろうということで、ぽつりぽつりと並ぶ街灯に足元を照らされながら、そちらを目指すことにした。ウサギたちは巣穴に戻ったようで、昼間はあちこちで見かけたもふもふがひとつも見あたらなかった。

人間は昼夜関係なく活動しているが、獣《けもの》は日没とともに身体《からだ》を休める。人間も本来こうあるべきなのかもなあなどと己《おのれ》の日頃の不摂生を省みながら展望台へと続く山道を登っていくと、白い子ウサギが一羽、目の前を横切り、前方へ跳ねていった。

島内でよく見かけた穴ウサギはどれも茶色っぽい毛をしていたので、真っ白なのはめずらしかった。

その上昼間は子ウサギを目にする機会がなかった。人間に慣れていないために隠れていたのか、繁殖時期でないためなのかは知らないが、ともかく貴重なものに遭遇した気がして、その白ウサギの行く先を目で追った。

ウサギはすぐに道から逸《そ》れて木々の中へ隠れてしまうだろうと思っていたのだが、まるで俺を先導するように、道の中央を進んでいく。

臆病なはずのウサギにしては、堂々とした走りっぷりだ。

「こんな夜中に、案内してくれるのかい？」

ぴょこぴょこ跳ねていく白いお尻が、薄暗い夜道にやけにくっきりと浮かびあがる。

ちいさな尻尾《しっぽ》を道しるべに歩きはじめてまもなく、舗装されていた道がいつのまにか獣道になっていたことにふと気づいた。

「……あれ？」

道の両脇には鬱蒼《うっそう》と木々が生い茂り、街灯も届かない暗がりになっている。展望台には昼間いちど登ったが、こんな道ではなかったように思う。道を間違えるほどウサギに夢中になっていたつもりもなかったのだが。

迷ったのだろうか。

まあ、行き倒れるような大きな島でもないし、迷ったとしてもどうということはなかろうと気をとりなおして白ウサギのほうへふたたび意識をむけると、ずっと中央を進んでいたウサギが道の脇にむかって跳ねた。そして次の瞬間、その姿が忽然《こつぜん》と掻《か》き消えた。

「――ん？」

山中の急な坂道で道の脇は斜面になっており、湿った枯葉も積もっている。突然消えたように見えたが、もしや誤ってすべり落ちたのだろうか。野生のウサギで脚力が強かろうと、転べば足を痛めるだろうと心配になって斜面へ駆け寄ってみると、やや下のほうにある大木の根元に大きな穴が開いているのが目に入った。

「巣穴？」

ウサギの巣穴だろうか。それにしては大きい。人がひとりすっぽり入りそうな大きさだ。

先ほどの白ウサギはここへ落ちたのだろうかとさらに一歩踏み進めたところ――、

「うわっ！」

ずるりと足を滑らせた。

ウサギの心配をしている場合ではない。枯葉に乗ってずんずん滑り落ちていく。その先にあるのはあの大きな穴。とっさに腕を伸ばしたがつかめるものはなにもなく、手は虚《むな》しく空《くう》を切る。俺は叫び声をあげる間もなく巨大なウサギ穴へと落ちていき、意識を手放した。


なんだか寒い。

波の音が遠くから聞こえた。磯の香り。頰《ほお》や腹に濡《ぬ》れた砂の感触。それから背中に感じる冷たい外気と陽光に、意識がいっきに浮上する。目を開けるとそこは砂浜の波打ち際で、俺はうつ伏せに倒れていた。それもパンツ一枚で。

「な、なんだ……?」

たしか山の中で白ウサギを追いかけて、不思議の国のアリスよろしくウサギ穴に落ちたはずだ。それがどうして海岸にいるのか。あの穴は海岸に続いていたのだろうか。そんなばかな。それより浴衣と靴はどこへいった?

混乱した頭を抱えながら上体を起こし、キョロキョロと周囲を見渡すが、目に映るのは見覚えがなければなんの変哲もない砂浜と岩場ばかりで、ここがどこだかわからなかった。

浴衣と靴も波に攫《さら》われてしまったのか、見あたらない。

大久野島のどこかではあるのだろうから、海岸伝いにでも適当に歩いていけばそのうち宿泊所にたどり着くだろうが、その間パンツ一枚では恥ずかしい。というか変質者だ。宿泊所へ戻る途中で万が一女子小学生にでも遭遇してしまったら大変だ。うわーんおかあさーんと泣きだされるばかりでなくやってきた保護者にロリコンの露出狂の危険人物扱いされて警察に通報されて逮捕されてしまう。俺はなにもしていないのに。

そんな大げさな、と思われるかもしれないが女児に道を尋ねただけでも不審者疑惑をかけられる昨今である。自衛はせねば。靴はなくとも、せめて浴衣はとり戻したい。

砂浜には見あたらないので、波間に漂っていないだろうかと海のほうへ視線をめぐらす。しかし、それらしきものは発見できなかった。

海は俺の焦《あせ》りなどとは無縁で、のんびりと穏やかだった。いかにも瀬戸内らしく爽快《そうかい》な空の下、水平線のむこうからは朝日が昇っている。それを見て、ひと晩意識を失っていたのだなあと認識し、直後、おかしなことに気づいた。

水平線から朝日が昇っている。

その周囲に、島が、ない。

ひとつもない。

昨日大久野島へやってきて、島のあちこちから海を眺めたが、どの方角にもちいさな島々や本土の陸地が見えたはずだ。内海で、水平線など見えなかったはずだ。それなのに、いま視界に広がる景色は見渡す限りの海と空ばかり。水平線の端を目で追っていくと、この砂浜の先にある崖《がけ》に隠れてしまい、最後までひとつも島が見えない。

どういうことだ。

尋常ではない予感に悪寒《おかん》が走り、背後の陸地をふり返ってみた。砂浜の先には岩場があり、さらにその先にはこんもりとした雑林が続く。

大久野島のどこかだと思ったが、思い返してみれば、これほど広い砂浜で、人工的に整備されていない場所があっただろうか。島で最も広い砂浜は宿泊所がすぐそばにあり、堤防や灯台が見え、道もアスファルトで舗装されていた。ここは、その砂浜よりも数倍の距離がある。

もしかして、となりの島へ流されて漂着したのだろうかと思ってみるが、となりの島からだってほかの島々が見えるはずだし、そんなことは現実的にありえないと即座に否定する。

そもそも自分が気絶したのは山の中なのだ。海辺にいること自体がおかしいわけで。

ここは、大久野島ではない。そしてたぶん、近隣の島々でもない。

——では、ここはどこだ。

俺の身に、いったいなにが起こった。

寒さによるものか、不安によるものか、震えだした身体を両腕で抱きしめていると、山際の岩場のほうからこちらへ歩いてくる人の集団が遠目に見えた。

十人前後いるだろうか。みんな浴衣っぽい服を着ているようだった。

先導している人物がこちらを指さしながら叫ぶのが聞こえた。俺が倒れているのを発見した人が助けを連れてきたのかもしれない。

「――あの人です……海の様子を見にきたら……」

人がいる。そして話す言語は日本語。自分のひどい格好も忘れて、ひとまず安堵《あんど》した。とりあえずここは日本のどこかだ。

しかし集団が徐々に近づいてくるにしたがって、俺は首をかしげ、何度も目をまたたかせた。

なんというか、遠近感がおかしい気がした。

人々が妙に大きく感じられるというか……。それから、頭になにかついているような……。

遠近感がおかしいだの大きく見えるだの、視覚異常だなんてそれこそ不思議の国のアリス症候群じゃないか。俺の目がおかしいんだろうか。

集団はまっすぐに近づいてきて、やがて姿がはっきりと見えるようになり――、俺はありえないものを目撃してしまった。

集団はみんな日本人男性らしき顔立ちをしていた。彫りが深くてやたらと濃い顔だが、日本人の顔だ。海の男たちといった風情で肌は浅黒く、髪は短めで陽《ひ》に焼けて赤っぽい。服は浴衣ではなくちゃんとした着物のようだ。パッと見の年齢はだいたい二十代から五十代ぐらいとばらつきがある。

そして全員、異常に身体がでかかった。二メートル近く身長があり、横幅もがっしりしている。「屈強そうな」なんて表現では生半可に思えるほど大柄でたくましい。

まあ、そこまではいいのだ。

みんな着物を着ているのは、お祭りでもあったのかもしれない。それから、これほど大柄なのは日本人男性としてはめずらしいけれど、日本中を探せば十人ぐらいはいるだろう。のっぽさん大会でも開催していて、偶然集結したのかもしれない。

可能性としてないことでもないから、若干の無理は承知で、ここまでは許容できる。

ありえないのは——耳だった。

十人全員、にょっきりとウサギのような耳を生やしている。

「…………」

俺は絶句した。

この感じ、なんと表現したらいいだろう。

白雪姫を初めて見た小人の気分とでも言ったらいいだろうか。いや、ちょっと違うか。あの小人たちは、あきらかに異種族で巨人な白雪姫が自分たちの住居を占領しているというのに、かわいい姫だと褒《ほ》め称《たた》えていきなり仲良くなっていた気がする。彼らは突然襲来した白雪姫に恐怖を覚えなかったのだろうか。パニックにならなかったのだろうか——などと、どうでもいいことをこの状況で考えてしまうのは脳が現実逃避を図っているせいだろうか。

呆然《ぼうぜん》としていると、集団の中心にいた人物が急にこちらに走りだして叫んだ。

「危ないっ！」

彼の視線は俺の背後に注がれている。なんだ？

つられてふり返ってみると、体長五メートルはありそうな巨大なワニがいまにも俺に食いつこうと大口を開けていた。

岩のような皮膚。禍々《まがまが》しく濡れ光る牙《きば》。爬虫類《はちゅうるい》独特の不気味な瞳。太陽を背にして捕獲体勢に入っているそれは怪物にしか見えない。

「〜〜〜っ！」

逃げようにも恐怖のあまり身体が硬直して動けない。首を絞められたニワトリのような悲鳴をあげることしかできずにいると、たくましい腕に身体を攫われた。

腕の主は走ってきた男だ。彼は間一髪でワニの牙から俺を救うと、短剣をワニに突き刺した。そして俺を片腕に抱えたまますばやくその場から離れる。ワニは激しく暴れだしたが、獲物を追いきれないと悟ったのか、やがてざぶんざぶんと海へ帰っていった。

あとにはまた平和な海が広がるばかり。

——な、な、なんだここ。

海にワニだなんて、ここはオーストラリアか。ネバーランドか。熱川《あたがわ》バナナワニ園か。

ワニの姿が見えなくなり、危険が遠ざかったことを知るや否や、俺はへなへなとその場にへたり込んだ。情けないが、パニックの連続で半べそ状態だ。危うくちびりかけた。

「怪我《けが》は」

崩れそうな俺の身体を支えるように、男が俺の肩に手を添えて跪《ひざまず》く。

「だ、だ、だいじょうぶです。ありがとうございます。本当に、助かりました」

心底感謝しながら、俺は顔をあげて相手の顔を見た。

彼は端整な顔立ちの二十代なかばぐらいの青年で、どことなく気品と風格を感じさせる男だった。装飾品を身につけているわけでもなく、着物も他の者とおなじような藍染《あいぞめ》のものを着ているが、集団のリーダー格であることはひと目でわかった。人としての格の違いというものは付属物には左右されないらしい。

青年はなにか言おうとして口を開きかけたが、俺の顔を見るなり言葉を失ったような表情をした。そしてそのまま呆然としたように凝視してくる。

なんだろう。むこうも俺の容姿に違和感を感じているのだろうか。

しかしなんというか、本当にかっこいい男だ。助けられたあとだからよけいそう感じてしまうのかもしれないが、知的で落ち着いた雰囲気なのに、見つめられると思わず胸がきゅんとしてしまいそうなほど目に力があって、つい、惹《ひ》き込まれるように見入ってしまう。ウサ耳だけど。

ふたりしてお互いの顔を見つめあい、どれほど経《た》っただろうか。けっこう長いこと見つめあっていた気がするが、しばらくして青年がなにかに気づいたようにはっと身じろぎし、腰を浮かせた。

「失礼。気が利かず……。これを」

青年は俺に話しかけながら自分の着物を脱いで襦袢《じゅばん》一枚になると、脱いだそれを裸の俺に着せ掛けてくれた。親切な男だ。相手が女性ならばわかるが、男にこんな気遣いをみせる者はそういない。

「ありがとう……」

「あなたは、何者です？　我々とはあまりにも容姿が異なっていて……」

そう問いかける青年の声は静かだが、とまどいが滲《にじ》んでいた。俺が未知の人種との遭遇に驚いているように、相手も困惑しているようだった。

「名をお伺いしても？」

低音の声に促され、すこし理性をとり戻しかけた俺は唾《つば》を飲み込んで答えた。

「稲葉《いなば》——」

泰英《やすひで》、という下の名前は言わなくてもよかろうと判断し、続けてここはどこかと尋ねようとしたとき、青年の瞳が驚愕《きょうがく》に見開かれた。と同時に周囲の男たちに緊張が走り、次いでどよめきが起こった。

「イナバ……」

ひとりが呟《つぶや》き、それを呼び水として口々に言いはじめた。

「裸で色白で、イナバという名……。もしやあの伝説のお方では」

「ワニに欺かれて裸にされて海辺で泣いている白ウサギ……おお、たしかに神話の通りだ」

「兎神《うさぎがみ》だ！」

「兎神！」

「ついに兎神が降り立ったと、みんなに伝えねば！」

………。

ええと……。

因幡《いなば》の白ウサギ……のことか……？

でもなんか違う気が……。あれってワニじゃなくてサメじゃなかったか？　それに欺いたのはウサギのほうだったんじゃ……というか、兎神って。

「兎神、耳はどうしたのです」

青年が心配そうに尋ねてくるが、どうしたもこうしたも俺の耳は元からこうなんですけど、とは言いだせずに口ごもっていると、男たちが勝手な解釈をはじめる。

「ワニに食いちぎられたのですねっ？　なんとおいたわしい……」

「ワニめ、我らの守り神になんたる仕打ちを……許せん。おまえら、やつらに復讐《ふくしゅう》する日がきたぞ！」

雄たけびをあげ、仲間内で盛りあがってしまった。

「あの、ワニは関係ないんで……」

どういうことだか把握していないが、俺のせいでウサギとワニの抗争が勃発《ぼっぱつ》するのも困る。

さすがに口を挟むと、

「おおう。兎神がわしらにまで尊いお口をきいてくださったぞっ」

「憎いはずのワニをかばうとは、なんとお優しい……」

と言って、男たちは今度は目を潤ませる。

なんなんだ、いったい。

彼らの興奮ぶりについていけない。

「ともかく、屋敷へ行こう。このままでは兎神が風邪を引く。田平《たへい》、先に戻ってお迎えの準備をしてくれ。それから佐衛門《さえもん》に連絡を頼む」

青年は男たちにむかってそう言うと、俺のほうへ顔を戻し、窺うようなまなざしで覗《のぞ》き込んできた。

「ご足労おかけしますが、我々の屋敷までご同行くださいますようお願い申しあげます」

よくわからないながらも、ひどい扱いを受ける心配はなさそうな雰囲気だとは思う。わからないことが多すぎて、この場でちょっと尋ねたぐらいで解決しそうになく、腰を落ち着けて話を聞いたほうがよさそうだとも思う。

しかし、素直についていってだいじょうぶだろうか。なにやら誤解されているようだが、その誤解が解けたら対応が変わったりして。我らをたばかったな、とかいって腹いせに殴る蹴《け》るされた末に放《ほう》りだされたりしたら殴られ損だ。

といって不明な可能性のために誘いを断る決断力は小心の俺にはない。

「ええと……。屋敷というのは、どこに……」

「すぐそこです。ご案内いたします」

「はあ……」

一抹の不安はあるが、自分ひとりではどうしようもない。やはり地元民の勧めに従っておくべきだろう。

「……じゃあ、お言葉に甘えて……」

逡巡《しゅんじゅん》したのち、流されるように頷《うなず》く。ためらう気持ちがあるせいか腰が重く、のろのろと立ちあがろうとしたら、青年の腕がすばやく伸びてきた。

「失礼します」

「え——、うわっ」

羽織っていた着物を身体にしっかりと巻きつけられたかと思ったら、背と膝《ひざ》の裏に腕をまわされ、いきなり抱きあげられた。抵抗するまもなく身体がふわりと宙に浮く。

「あのっ？」

「履物《はきもの》がございませんので。失礼ですが、このままむかいます」

「このままって。ええと、きみは……」

「赤井隆俊《あかいたかとし》と申します」

彼の顔がこちらをむく。うわ、近い。近すぎる。

瞳の色は日本人とおなじような茶色だと思っていたが、間近で見ると虹彩《こうさい》の縁が青っぽく、深い海のような神秘的な色合いをしていた。

水平線の色。見ていると、吸い込まれそうだ。

「赤井くん、その」

「隆俊、と。赤井姓は多いので」

低い声がやたらと色っぽく鼓膜に響く。唇がふれそうなほどの至近距離から海のような瞳にまっすぐに見つめられ、心臓が奇妙な収縮をしたのを感じた。

「た、隆俊くん。屋敷というのがどこにあるか知らないが、重いだろう。履物なんかなくても歩けるから、降ろしてくれないか」

「本当にすぐそこですからご遠慮なさらずに。それに子供よりも軽いです」

俺の身長は百七十センチ。正確には百六十九・七センチなのだが百七十センチと公言してしまうのは男のささやかな虚栄心である。三ミリなんて誤差範囲と言って差し支えないのに、百六十センチ台と百七十センチ台では雲泥の差がある。百九十八円のバナナと二百円のバナナでは二円の差しかないのに――とか、あああ、そんな話はいまはどうでもよかった。身長もたいしたことはないが心もちいさい男なんだ俺は。三ミリごまかすことを決心するにも長らく葛藤《かっとう》したぐらいだ。

ともかく身長も体重もごく平均的な体型だ。この大きなウサ耳族と比べたら小柄だろうが、子供よりも軽いってことはなかろうと思うのだが。と、それが言いたかった。動揺しすぎだ俺。うろたえているうちに隆俊青年がさっさと歩きはじめた。他の者もいっしょについてくる。歩けないわけでもないのになんだか申しわけないが、勝手がわからないので、初対面の異人種の厚意はありがたく受けとることにする。様子を見て辛《つら》そうだったら降ろしてもらうように頼めばいいだろう。

それにしても、お姫さま抱っこなんて慣れていないし、視線の位置が高くて、ちょっと怖い。身をこわばらせていると、隆俊が遠慮がちに声をかけてきた。

「その……、胸に頭を預けてくださってけっこうですよ」

「あ……ああ」

頭を動かされると歩きにくいのかもしれない。素直に従って頬を寄せると、隆俊の胸が大きく息を吸い込み、俺を抱える腕が緊張したようにこわばった。

目の前には褐色の太い首。

その喉仏《のどぼとけ》が大きく上下する様を見せつけられて、つられるようにして俺も深呼吸する。

着物から、持ち主の香りがほのかに香る。男っぽい、そそるような香りが鼻腔《びこう》をくすぐる。なぜかやたらと胸がどきどきしだしたので気を紛らわせるように視線をあげると、そこには短い毛に包まれたウサ耳が。

ちょっと黄みがかって光沢のある毛並みは手触りがよさそうで、突如としてウサギ好きの血が騒ぐ。

本物なのだろうか。

髪に隠れて見えなかったが、よく見ると、顔の横にはふつうの人間の耳もついているようなのだが。

ほとんど無意識というか、衝動的に手を伸ばしていた。

俺はカメラマンなどという世間から見たらややめずらしい仕事をしているが、世界中を飛びまわる芸術家肌の売れっ子有名人などではなく、ちいさな依頼でこつこつ日銭を稼ぐ、ごく平凡かつ地味な職業カメラマンである。趣味が高じてカメラマンになっただけで、大学は農学部だったし、育った環境も一般中流家庭で、世の平均的なサラリーマンと変わらない感性を持つ常識人のつもりだ。初対面の人の身体に断りもなくさわるのは失礼だなんてことは、二十九年も生きてくれば誰に言われなくてもじゅうぶんわかっている。

わかっている。わかっているけど、人間、魔がさすときってあるだろう？　いきなり知らないところにやってきてウサ耳族に出会ったりワニに襲われたりで、ちょっとネジが緩んでたんだ。

ウサ耳にそっとふれてみた。それはバニーガールのカチューシャなどではなく、本物だった。こうしてさわれるのだから俺の目がおかしくなったわけでもないと確認していると、隆俊がびっくりした表情でこちらを見ているのに気づいた。俺は自分のしでかしたことに思い至り、慌てて手を引っ込めた。

「あ、ごめん。勝手に」

「……いえ」

どんな反応が返ってくるかと身構えたが、隆俊はとくに気を悪くしたふうでもなさそうだった。周囲の者も見ていなかったらしく、なんの反応もない。

強《し》いて言えば、俺を抱く彼の腕の力が強まったぐらいか。

問題なさそうでよかった。今後は気をつけよう。

そんなやりとりを交わしているうちに俺たちは砂浜を抜けた。隆俊たちがやってきた岩場までくると道があり、しばらく進むと雑林も通り過ぎて拓《ひら》けた場所に出る。

太陽を背にして右手遠方に小山が連なり、その山すその平野に集落があった。

田畑があり、ぽつりぽつりと民家がある。民家は木造の瓦屋根《かわらやね》で、驚くほど日本の田舎の風景に似ていた。だが、家は現代の住宅のようにガラス窓があるわけでもなければカラフルな外壁が使われているわけでもない。道は舗装されてなく、電線も電柱も車もない。

ちょうど、テレビや映画の時代劇に出てくる、江戸や明治頃の日本の農村部のような風景だ。

この景色だけを見ているとタイムスリップでもしたのだろうかと思いそうになる。しかしよく見ると家はでかいし、鍬《くわ》を持って畑仕事をしている人の姿も、やはり大柄でウサ耳。

限りなく日本に近いのに、俺の知っている日本ではない。

ここはどこだろう……。

とてものどかで平和で、だけど少々奇異な景色が視界を通り過ぎていく。

「疲れないかい？」

隆俊のたくましい腕は抜群の安定感で俺を運んでいる。疲れなど微塵《みじん》も感じていなそうだったが、いちおう声をかけてみた。

「はい」

隆俊は涼しい顔をしていて、本当に余裕そうだった。成人男性を腕に抱えたまま、すでに一キロは歩いている。どれほど鍛えていても、ふつうの日本人だったらダウンしているだろう。俺だったらきっと一歩だって歩けない。持ちあげようとした時点で腰を痛めそうだ。ウサ耳族は見た目が大柄なだけでなく、体力も尋常ではないらしい。

「兎神こそ、お疲れではありませんか」

「いや、俺は抱えてもらってるからだいじょうぶだけど……ところでここは、どこなんだろう」

「このあたりは東京市ですが」

「東京市……」

東京という聞き覚えのありすぎる地名にびっくりする。たしか戦前の東京は都ではなく市だった。そう思いだして、またもやタイムスリップという単語が脳裏をよぎるが、ウサ耳という単語に打ち消される。

しかしなにか関係があるのだろうか……。日本語に着物に日本家屋。これだけ似通っていて、なんの関係もないとは思えなかった。

道は集落の中心にあるひときわ大きな門へと続いていた。生垣で囲われた敷地はかなり広そうで、門の奥には武家屋敷のような建物が見える。ちらほらと人の出入りもある。人々はみんなウサ耳だ。俺のように頭に耳の生えていない人はひとりもいない。

「ここは？」

「手前の建物は役場です。奥に評議所があり、評議衆や私の住まいがあります」

門をくぐると、すれ違う人が隆俊に会釈をしかけ、腕の中にいる俺の姿を見てぎょっとしたように立ちすくむ。ひとりだけじゃなく、何人もがそんな反応をする。通り過ぎた背後からは「あれは……」というざわめきが聞こえてくる。

驚くのはやっぱり耳がないせいか。それともあれか。ウサ耳族でこのくらいの体型だと子供なのかもしれない。それなのに顔を見たら大人の顔だから気味悪く思われてるんだろうか。

隆俊は役場には入らずに裏手へまわった。裏へまわると人の姿が急に途絶え、私有地のような雰囲気に変わる。庭園があり、小川にかかる橋を渡り、まもなく木々のむこうに瀟洒《しょうしゃ》な趣《おもむ》きの別棟が現れ、抱きかかえられたまま中へ入った。

黒光りする廊下を進み、とある一室の前でようやく降ろされる。

「ひとまず、湯に浸かって海水を流してください」

促されて部屋へ入るとそこは浴室で、日本の一般住宅サイズの脱衣所になっていた。正確には一般住宅サイズよりは大きめか。日本建築の基本の尺度は一間百八十。だがこの屋敷は天井だけでなく、扉の高さも幅も、すべての規格がひとまわり大きい。一間二百、いや二百三十はありそうだ。

「外に従者が控えておりますので、御用がありましたらお声掛けください」

脱衣所の奥にある風呂場は五右衛門《ごえもん》風呂だった。

ひとりきりになり、俺はありがたく湯を使わせてもらった。シャワーなどはなく、木の桶《おけ》で風呂釜《がま》から湯をすくう。さっぱりして脱衣所へ戻ると襦袢と薄桃色の着物が用意されていた。下着はふんどしじゃなくトランクス型だ。ウエストは紐《ひも》で結ぶ仕組みになっている。

旅館の浴衣とおなじ要領でいい加減に着て廊下へ出ると男がひとり待機していて、別室へ案内された。

そこは板敷きの広間で、隆俊をはじめとした海岸で出会った男たちが車座になっていた。その中にひとり、初対面の老人が混じっている。隆俊と老人のあいだの上座《かみざ》に空《あ》いた座布団が置かれていた。

「兎神。こちらへ」

隆俊に呼ばれて、俺は遠慮しつつそこにすわった。

「よくお似合いです」

俺の姿を見た隆俊がはにかむように微笑《ほほえ》み、いい加減に結んだ帯を直してくれる。

「あ、どうも……」

「いえ」

やたらと嬉《うれ》しそうだ。見知らぬ土地で心細い心に、その笑顔はぐっとくる。

そんな笑顔をむけられたら、年頃の女の子は瞬殺だろう。きっとすごくもてるんだろうなあ。

俺も……なんだか変な気分になりそうだ。

気持ちを逸らすように、俺は一同のほうへ顔をむけた。

「紹介します。そちらは神主の黒田《くろだ》佐衛門です」

隆俊の紹介で、佐衛門と呼ばれた白髪の老人が俺にむかって恭《うやうや》しく頭をさげる。

「それからほかの者たちは評議衆です。右から黄山誠一《きやませいいち》――」

ひとりひとり紹介され、それが済むと俺もみんなにむかって頭を下げた。

「みなさん、助けてくださりありがとうございました」

それから顔をあげ、一同をぐるりと見まわしながら、ずっと尋ねたかったことを口にする。

「俺は昨夜《ゆうべ》までまったくべつの場所にいたのですが、気がついたらここにいました。ここは日本ではないですよね」

「違います」

隆俊が即座に答えた。その反応に俺は眉《まゆ》をあげて彼を見返した。

聞き覚えのない地名だったら、ふつうは訊《き》き返したり眉を寄せたりするものだが、そうではなかった。俺は期待を覚え、口調を年下用に切り替えて尋ねた。

「もしかして、日本の存在を知っている？」

「ええ。月にある国のことでしょう。八百万人もの神々の住む天の国。この地に暮らすものならば、誰でも知っていることです」

予想外にななめ上の答えが返ってきた。どこから突っこんだらいいだろう。こめかみを押さえたくなりつつも、俺は辛抱強く質問をくり返した。

それにより、この国の概要がある程度わかってきた。

ここは島で、島の名はまだない。

昔々、十人の聖人、十聖人がこの地に降り立ち、暮らしはじめたという。聖人たちはすでに亡くなっているが、その子孫が増えて現在の人口は約一万人。一族をとりまとめているのが隆俊で、すこしずつ国の形ができはじめている状態のようだ。電気ガスはないが、上下水道は江戸レベル程度に整っている。ワニに食われるから海には出るなという十聖人の教えにより島から出た者はいないため、島の外の世界のことはわからないという。

「つまり、この地の文化は十聖人から引き継がれてるってことだよね……もしかしてその十聖人って、日本から来たとか？」

これだけ日本文化に似ているのだから、聖人は日本人だとしてもふしぎではないと思えて尋ねたら、

「はい」

と、さらりと肯定されて、俺は思わず腰を浮かせた。

「そっ、それで、その人たちは……、日本へ帰ったりとか、戻る方法とか」

「戻られた方はおりません。全員この地で亡くなっております」

「ああ、そう……」

希望の光が見えたと思ったのもつかのま、がくりと肩を落として腰をおろす。はあ、とため息をつき、ふと気づいた矛盾を力なく確認した。

「……十聖人の子孫がきみたちだったっけ」

「はい」

「十聖人って、耳は長かったのかい？」

「立派な耳だったと記録されていますが」

ウサ耳があり、体格も大柄だったそうだ。

十聖人が日本人ならば、ウサ耳のはずがない。しかし日本から来たという。謎《なぞ》だ。

十聖人のいた日本は、俺のいた日本とは別次元の場所なのだろうか。

考えてもさっぱりわからない。情報は増えたが、謎はちっとも解決しない。

まあ、十聖人の正体が知りたいわけでも謎解きがしたいわけでもない。それよりも重要なのは帰る方法だ。しかし、これ以上は隆俊たちに訊いてもわからなそうだった。

「……。どうすれば帰れるかなんて、わからないよなあ……」

誰にともなく呟くと、隆俊が顔をこわばらせた。

「……月に帰りたいのですか」

「それはまあ」

宿泊所に残してきた大事なカメラのことや、出版社への連絡などをぼんやりと考えながら頷いたとたん、いかつい大男たちのかわいいウサ耳がさざ波のように揺れた。一様に衝撃を受けた顔で俺に視線を注いでいる。

真っ先に訴えてきたのは神主、佐衛門だった。

「そんな……っ、なぜです。陛下がお気に召しませなんだか……っ」

陛下というのは隆俊のことだが、どうしてここで彼が関係してくるのか。きょとんとすると、佐衛門がなおも言い募ってくる。

「いまさら王を替えよとおっしゃるのですか。そんな、そんな……」

「あの、いったいなんの話――」

「災厄から民を守るためには……しかし……誰ならご満足していただけるのだろうか……」

佐衛門は俺の声などまったく耳に入っていないようで、ひとりで苦悩している。

話が見えずとまどっていると、反対側から隆俊に手を握られた。ふり返れば、隆俊が蒼白《そうはく》な面持《おもも》ちで見つめている。

「兎神。なぜ……」

反対側からまた声がかかる。

「兎神。やはり陛下以外の人物は思い当たりませぬ。どうかいちど、陛下と交わってみてくださらぬか。それでご不満でしたらご相談に乗りますゆえ」

「……。は？」

「それともすでに陛下の子種を味わったのですかな」

「……コダネ……」

コダネ……子種って、精子のことだよな……。それで、交わるって、つまり、エッチのことか……？

なぜそんな話になるんだ……。

うろ覚えだが、たしか因幡の白ウサギの話には、ウサギを助けた神の話が続く。この流れと関係ありそうなエピソードがあっただろうか。

「あの……すみませんが意味がわからないので、ちょっと詳しくご説明いただけませんかね……」

恐る恐る頼むと、佐衛門が居住まいを正し、厳《おごそ》かな口調で語りだした。

「聖人正男曰《まさおいわ》く、地が揺れ、海が割れ、日照りによる飢饉《ききん》が続き、疫病が蔓延《まんえん》し民が死に絶える未曾有《みぞう》の災厄がこの地へ訪れると神が定めたとき、海が満潮となり満月が輝く夜明けの晩に、空には白い平和の丹頂鶴《たんちょうづる》が、海には瑞祥《ずいしょう》の緑亀が滑り、後ろの正面には悪魔の手先、ワニの軍団かごめかごめ――」

堅苦しいというよりはまどろっこしい説明ではじまった話の内容を要約すると、こうだった。

未曾有の災厄が訪れるとき、守り神である兎神が舞い降りて、ウサ耳族を導いてくれるという言い伝えがこの島にはあるそうな。

そして兎神は性欲を司《つかさど》る神様でもあるそうで、島を守ってもらう代償として王が毎晩エッチして兎神を喜ばせないといけないという。もしそれを怠ると、すぐさま災厄が訪れるであろう、と……。

「昨年は死者が続出するほどの凶作でした。占師の予言によると、今年はさらに悪いことが起こると。しかし王を立てていないために、兎神もこの地へ降りることができない」

ということで、元々一族のリーダー的存在だった隆俊が王として即位したのがひと月前。

ひと通りの儀式を済ませ、一段落した今日、俺がやってきたというわけだった。

「あなた様が降臨なされたということは、この先に凶事が待ち受けているという天の啓示。帰るだなんて、そんなことはおっしゃらずにどうかお守りくだされ」

話を聞き終えた俺は頭を抱えた。

なにしろ、佐衛門だけでなく隆俊も評議衆の一同もみんな、その言い伝えを信じて疑っていない様子なのだ。そして俺が兎神だということも疑っていない。

つまり兎神認定されてしまった俺は、王である隆俊と毎日エッチしないといけないらしい。

――無茶苦茶だ。

これもう、白ウサギとか関係ないじゃないか。

「あの。申しわけないんですけど、俺、兎神じゃないです。ごくふつうの一般人です」

途方に暮れた気分で申し出てみた。すると佐衛門が言う。

「なにをおっしゃる。あなた様のように美しく妖艶《ようえん》な姿をした者がこの世の生き物であるわけがない。神以外のなんだと言うのです」

「……はい？」

美しい？　妖艶？

女性でも美少年でもない、こんな冴《さ》えない男をつかまえてなにを言うんだと俺は耳を疑った。

自分で言うのも悲しいが、俺の容姿はひと筆書きできそうなほど簡素な地味顔だ。濃くて派手な顔をしているウサ耳族から見たら、顔のパーツが点と線だけでできているように見えるんじゃないかというぐらい、あっさりしている。

ほかに特徴といったらとにかく肌が白く、鼻にすこしそばかすがあることだろうか。どれほど陽射《ひざ》しの下にいても真っ赤になるだけで日焼けしない、なまっちろい身体をしている。そばかすはまだしも、この白い肌は、思春期の頃クラスの女子にからかわれたりもして、コンプレックスに感じたものだ。

一般的な日本人よりも肌の色の濃いウサ耳族から見たら、俺の色白っぷりは驚くほどだろうと予想はつく。地味顔もこちらでは見かけない容姿なのかもしれない。

だけど美しいというのはどうなんだ。すくなくとも日本では俺の容姿は平均の枠を出ない。この世の生き物じゃないだなんて、女性へのお世辞にしても言いすぎだろう。傍《はた》で聞いている誰かが失笑してもおかしくないセリフだ。

しかしなぜか俺の視界では、評議衆たちが佐衛門の言葉にいかにも同感というようにうんうんと頷いている。

「その透き通るような白い肌に、星のきらめきのようなそばかす。余分なもののないすっきりとした美しいかんばせ。花のようにたおやかで華奢《きゃしゃ》なお身体。なにもかもが我らを魅了します」

「はあ」

そばかすを星のきらめきだなんて、よく言ったものだ。本音と建前の差が激しい文化なのだろうか。よくわからんから受け流しておこう。それより兎神の話だ。

「でもほんとに神じゃないですし。こんなことを言ったら失礼ですけど、その言い伝えも迷信だと思うんで、エッチしようがしまいが関係ないいんじゃないかと」

「兎神。なぜ急に否定するのです。先ほどまでは、兎神と呼んでも否定しなかったではありませんか」

「いや、それはもっと先に訊きたいことがあったから、質問の優先順位的にあとまわしになっただけで……、急に否定してるわけじゃなくて元々なにか誤解されてると感じてたし」

しどろもどろに答えていると、それまで黙っていた評議衆たちも訴えかけてきた。

「そんな見え透いた言いわけをするほど、陛下を拒む理由をお聞かせくださいっ」

「陛下は国政を担うにふさわしいばかりでなく、誰よりも兎神への信仰心に篤《あつ》い方です。あなた様にこれよりふさわしい人材はいないはずっ」

「そうです。陛下なら、兎神もきっとご満足していただけるはずですっ」

いきおいに押されつつ、俺は必死に兎神じゃないと言い募る。

「いや、だからそういうことを言ってるんじゃなくて……っ。ほら、俺、ウサギっぽくないし。耳もワニに食われたんじゃなくて、元々こうだし。なにもできないし。神様になんて見えないですよね？」

「兎神は神にしか見えませぬ。神の姿形が我々と異なるのは当然でございましょう」

「いやあの、ええとですね、俺は自分の身長を三ミリサバ読むみみっちい男なんですってば。神なんてたいそうなもんじゃないですって」

「ご自分を偽ってまで、陛下ではお嫌だとおっしゃるのですか」

「いや、そうじゃなく……」

「王を替えよと？　それとも我らを試されておられるのですか」

「兎神。どの男です。王を替えてまで交わりたい者というのは」

なぜだ。どうしても信じてもらえない。否定すればするほど重大なことになってしまいそうだ。

このまま拒否し続けていると、本当に王位が移りかねない気がする。そして王が替わったところで、けっきょく俺は誰かとエッチすることになりそうだ。

もし実際にそうなったら、隆俊は神に拒否された男と誹謗《ひぼう》中傷を受けることになるのだろうか。彼はワニから助けてくれた命の恩人だ。それなのに、そんな恩知らずなことをしたら後味が悪いじゃないか。

隆俊はあいかわらず顔をこわばらせ、一心に俺を見つめている。なぜだかひどくショックを受けているようだった。手はさっきからずっと握られたままで、いつまで握っているつもりなんだろうとか、みんな見ているのにとか、頭の片隅でちょっと気になっていて落ち着かない。

「あの、隆俊くんが嫌ってわけじゃないし、王も替えなくていいから」

隆俊が嫌なわけではない。

男と抱きあうこと自体が受け入れられないのだ——というわけでもなく、じつはさほど嫌だと思っていない。

そう、なにを隠そう俺はゲイだったりする。

いいなと思った男はノンケばかりでほのかな片想いばかり。恋人を持った経験どころか告白したことだってないのだが、いちおうれっきとしたゲイだ。

だから男と抱きあうことは、たぶんノンケの男ほど抵抗がない。

ついでに言えば、俺は「人生なるようになる」をモットーとして、なんとなーくふわふわと二十九年生きてきた男だ。流されやすさと順応性には絶大な自信がある。

とはいえ、それとこれとは話がべつだ。わけのわからない理由で初対面の相手とエッチしろといきなり言われて、はいわかりましたと引き受けられるわけがない。

「俺は兎神じゃないけど、仮に兎神だったとしても、そういう行為は望んでませんし」

俺の手をつかむ隆俊の指がぴくりと動いた。

佐衛門が絶望的に涙ぐんで訴えてくる。

「望んでいないと？　この地を救うことを望んでいないとおっしゃるのですか……っ」

「いや、その、行為を望んでないだけで、救わないと言ってるわけじゃ……どっちにしろ俺には救えないですけど」

「そう言って我らをお見捨てにぃ……っ」

「だからそうじゃなくて……」

「なにがお望みなのです。はっきりおっしゃってくださいっ」

「なにも望んでないんですってば」

もう、ほんとにまいった。

相手となる隆俊のほうはどう考えているんだろう。助けを求めるようにとなりに話を振った。

「ええとさ、きみは兎神との、その、伝説を承知で王になったわけかい」

「当然です。そのために王制を設けたのですから」

「でもその……、きみ、歳はいくつ」

「二十五になります」

「……俺は二十九だぞ。きみのほうこそ、俺なんかとエッチ……ま、交わる、なんて嫌だろう?」

俺のほうが四つも年上だ。十代の美少年だったらまだしも、来年には三十になる地味でムサイ男が相手だなんて、いくら王としての務めとはいえエッチなんてしたくないだろう。そう思ったのだが。

「いいえ」

隆俊は光の速さで否定した。

「私は光栄に思っております」

その静かな声と真摯《しんし》なまなざしに、俺は頬が赤く染まるのを感じた。

――い、いかん、真に受けるな俺。兎神を迎えるために王になったという彼の立場上、そう答えるしかないだろう。

つい考えなしに、事実上答えの選択肢のない質問をしてしまった。

「あなたが迷信だとおっしゃるのなら、そうなのかもしれません。けれどここは私にお任せ願いたく思います」

俺の手を握る隆俊の手に、力が込められた。その力強さに、青年の意志を感じる。

「きみは、エッチしないと災厄が訪れると信じてるのか？」

「過去に例がなく、判断材料もないのでわかりませんが、だからこそ、すべきことはしておいたほうがよいと考えます」

冷静な返答に、なるほどと思った。

本心はどうであれ、世間に浸透しているのであれば、そういう結論になるだろう。たいした災厄がなくても、やることを怠っていたら難癖つけられるだろうし、やることをやっておけば、災厄があったとしてもそのお陰でこの程度で済んだんだぞと言いわけが通用する。

施政者としてその判断は当然のことだ。

つまり、俺の味方はいない。

「兎神を喜ばせるのが王の務めです。ご満足いただけるまで奉仕いたしますので、私を信用してください」

奉仕、ねえ……。

奉仕活動といったら昔近所の神社の掃除をしたことがあるが、この青年にとっては俺とのエッチもそんな感覚なんだろうか。

ともかく王もその気では、逃げ場はないか……。

兎神じゃないと言っても信じてもらえず、どうしても誰かとエッチしないと収まりそうにない以上、これはもう隆俊とエッチしておくべきなのだろうか。

ほかに道はないと予感しつつも、二の足を踏んで悩んでいると、佐衛門が閃《ひらめ》いたように手を打った。

「わかったぞ、みなの者。兎神は王ひとりでは足らぬと言いたいのだ。きっと我ら全員での交わりをご所望なのだっ」

「おおう。さすがは性欲の神。そういうことでしたかっ」

評議衆たちがどよめき、鼻息荒く俺ににじり寄ってきた。

ど、ど、どうしてそうなる。俺はそんなことひと言も言っていないのに、どうしてそんな

結論が出て、しかも納得できるんだっ。

なんて人の話を聞かない人たちなんだ……！

「いや、あのっ」

十一人もいちどに相手にするだなんて、冗談じゃない。

「兎神。人数はこれで足りますかな。もっと大勢必要であれば、呼んでまいりますが」

大男たちに迫り寄られ、俺は本気で怯《おび》えて隆俊の腕に縋《すが》って叫んだ。

「いや！　ひとりでじゅうぶんですから！　俺、隆俊くんとしますからっ！」

男たちの奇妙な熱気に恐怖した俺は、けっきょくエッチをすることに承諾した。

二

「とんでもないことになったなあ……」

俺は盛大なため息をついて、湯の中に身を沈めた。

ふたたび五右衛門風呂である。

あれからすぐに別室でエッチを、という話になったので、だったらもういちど風呂に入らせてくれと頼んだのだ。最初に風呂を使ったときはこんなことを想定していなかったから、ざっと海水を流しただけだったので、今度は身体の隅々まで念入りに洗った。

正直な話、隆俊はかなり好みのタイプだ。まだあまり知らないが、思慮深く落ち着いた雰囲気がとてもいい。そのうえ見ず知らずの者を助けるために躊躇《ちゅうちょ》なくワニに立ちむかえる勇敢さまでそなえている。助けられた者としては、それだけで惚《ほ》れたっておかしくない。

それでもやっぱりためらう気持ちは強い。お互いに望んでいるわけでもないのに仕事のように強制的にエッチさせられる感じがどうにも受け入れ難い。この歳にもなって恥ずかしいことだが、つきあった経験がないから当然エッチの経験もなく、これが俺の初体験となるわけだし。

「……初体験なのになあ……」

もしおつきあいする相手が現れたら、エッチをするのはつきあいはじめて三度目のデート以降で、なあんて乙女《おとめ》なことを考えているうちに歳を食ってしまった俺にとって、こんな流れでの初体験は少々悲しい事態である。

さすがに三十間近にもなれば、エッチに夢も見ていないけれど。でもなあ。

それに異人種ということも微妙に引っかかっている。

どんなエッチになるのか、ちょっと不安だ。

「……でも、しかたないよな……」

ここから逃げだそうと思えば逃げだせそうな気もしなくもないが、見知らぬ異世界でひとりで生き延びる自信はない。女の子でもないのにエッチを拒んで野たれ死ぬのもばかげている。受け入れ難いが、死んでも嫌だと言うほど受け入れられないことでもない。

こうなった以上、これは仕事なのだと割り切るよりないのだろう。日本に戻るまでの期間、衣食住を提供してもらう対価として身体を差しだすのだ。

ビジネス、ビジネス。

俺は胸の中で呪文《じゅもん》のようにくり返して高い天井を見あげた。

「はあ……」

しかし割り切ろうと思ってもなかなかうまくいかない。

風呂からあがったら隆俊が待っているはずだ。これからあの腕に抱かれるのだ。それを思うとなかなか出られず、湯に浸かり続けた。

「あー、うー」

ワニから助けられたときの彼の勇姿や、抱きかかえられたときの褐色の腕や広くて厚い胸板がちらついて、意味不明の唸《うな》り声が出てしまう。

いい歳した男のくせに乙女のようだと笑いたければ笑ってくれてかまわない。未経験だから、こんなときどんな顔をしてどうふるまえばいいのかちっともわからないんだ。考えれば考えるほど脈が乱れて頭がくらくらしてきて——って、ああ、これってのぼせてるんじゃないか。

観念して風呂からあがり、準備されていた浴衣に腕を通す。下着は用意されていなかった。腰まわりが心もとなくて、歩幅が狭くなってしまう。脱衣所から出るとまた案内されて、いかにも武家屋敷ふうの渡り廊下を進み、奥にある離れの部屋へ通された。

そこは畳敷きの部屋で、二間ある。半開きになったふすまの奥の間には大きな布団が敷かれていた。隆俊は部屋の縁に立ち、庭を眺めている。

それを目にしただけで俺は緊張してしまい、入り口で足をとめた。

隆俊が静かに障子を閉めた。

ゆっくりと、彼の顔がこちらにむけられる。

なんとも艶《つや》っぽい雰囲気に、俺の心臓が跳ねあがる。

「兎神、こちらへ」

低い声でいざなわれ、ギクシャクと足を運ぶ。一歩近づくごとに心臓の音が大きくなっていくような気がして、いい歳してこんなに動揺している自分が恥ずかしい。

隆俊のほうはとても落ち着いているように見えるのに。

これを前提として王になったのだから、彼にとっては当然か。俺を抱くのは仕事で、ただの義務だ。礼儀正しい男のようだから顔にはださずにいるが、本心は勘弁してくれと思っているかもしれない。

それともなんとも思ってないのかも。

それなのに自分だけ浮ついてるのはみっともない。俺も努めて平静を取り繕い、隆俊のそばへ歩み寄った。

彼のほうも入浴を済ませており、短い髪が湿っている。見おろしてくるまなざしに耐え切れずに俯《うつむ》いていると、とても紳士的な物腰で手をとられ、布団に導かれた。

俺がしゃちほこばって布団の上に正座すると、正面に膝をついた隆俊に両肩を抱かれた。そのまま身体を寄せられそうになって、俺はあたふたと男の胸に手をついてとめさせた。

「あの、さ」

隆俊が動きをとめる。

「隆俊くん――あ、俺も陛下って呼んだほうがいいのかな」

「いえ。隆俊とお呼びください」

「ええと、じゃあ、隆俊くん。きみの本心を聞いておきたいんだけど、ぶっちゃけたところ、俺のこと、どう思ってる？」

「お慕いしております」

質問が漠然としすぎたせいか、優等生のお世辞が返ってきてしまった。

「あ、いや、そうじゃなくて、本当に兎神だと思ってるのかい？」

「はい」

「俺、そんなんじゃないよ？」

隆俊が押し黙った。わずかに眉を寄せて俺を見つめるその表情は苦しげにも困惑しているようにも見えた。

「なぜまたそんなことをおっしゃるのです」

うーん。隆俊は言えばわかってくれそうな気がしたのだが、やっぱりこの青年にも俺が兎神に見えるらしい。

エッチの必要性については冷静そうな意見をしていたのになあ。

「……そんなに、交わるのがお嫌ですか」

低く静かな声音《こわね》に内心どきりとしつつ、俺は正直な気持ちを言った。

「そりゃねえ。気持ちの伴わないエッチはよくないと思うんだ」

恋人がいなくても、日本にはゲイむけの風俗店やらハッテン場なんてものがあるのだから、エッチをすることは可能だ。だが俺はそういう場所へ足を運ぶことはなかった。

さほど強くエッチをしたいと思ったことはないし、するなら好きになった人としたい。たとえ好みのタイプでも、気持ちがかよっていないのならばエッチしたくないと思う俺は、やっぱり乙女なゲイなんだろうか。

この期《ご》に及んでまだぐずぐずとためらっていたら、隆俊の苦しげな声が落ちてきた。

「……私の耳にふれたのに、どうして……。理解に苦しみます」

「え？」

たしかに耳にさわったが、それがなんだと言うのか。意味がわからず目をパチクリさせると、思いが伝わったらしい。隆俊も大きく瞬《まばた》きした。同時に長い耳がピンと上をむく。

「もしかして、意味を知らずにふれたのですか」

「ああ」

こくりと頷く。

「ちょっと気になっちゃって。俺は頭に長い耳がないから」

「それだけ？」

「そう、だけど？」

「……そういうことでしたか……」

吐息混じりに言いながら、隆俊が天井を仰いだ。俺の肩を抱いていた手が離れていく。

「ええと、ごめん。どういう意味があったんだ？」

隆俊が顔を戻し、逡巡するように俺の顔を見る。

「それは……」

どうお伝えしたら……などとひとり言のように呟いていて、なんだかひどく言いにくそうだ。隆俊は言葉を選ぶように間を置いてから、やや力のない声音をだした。

「我が一族のあいだでは、耳にふれるのは、その……愛情表現の一種なのです」

「愛情表現……」

顔の横の耳もそうだが、とくに頭のウサ耳は特別なのだそうだ。

「ですから突然のことで驚きましたが、てっきり私を受け入れてくださったのだと思っておりました。ですが、屋敷についたら交わりをお厭《いと》いなさるので、どういうことかと混乱しておりました」

誤解だったのですね、と寂しそうな声で呟かれ、俺は慌てて謝った。

「ご、ごめんな。そんなこと知らなくて、俺……」

「いえ、謝らないでください。勝手に誤解した私が悪いのです」

さらには自嘲《じちょう》気味に微笑まれてしまい、なんだかとても悪いことをした気分になった。

「兎神はお優しいのですね。やはり言い伝えの通りです」

いや、それこそ誤解だと思うけど……。

「では、私とは交わりたくないというのが、本心なのですね」

「きみと、というか、好きでもないのにしたくないってことだよ」

隆俊が特別嫌だと言っているわけじゃないんだと弁解を試みるが、彼の深い色の瞳はますます曇っていく。

「そうですか……」

隆俊がきゅっと唇を噛《か》み締める。そしてなにか吹っ切ったようなまなざしをして、俺の肩をふたたび抱き寄せた。

「誰か、ほかに交わりたい者がいるわけではないのですよね」

「え、ああ」

「私が相手でご不満かもしれませんが、どうか我慢してください」

あ、やっぱりするんだ……。まあ、そうですよね……。

広間での説明によれば、現状でも国政は機能していたのにわざわざ王制を導入したのは、兎神への枕接待のためなんだもんな。準備が整ったらお告げどおりに兎神がやってきたのだから、ここの人たちからしたら、エッチをしないという選択肢はないだろう。

俺としては、気持ちのないエッチは嫌だけど、まあ、死んでもエッチしたくないってわけじゃなし、これで丸く収まるなら……。

覚悟したら、身構えるように肩に力が入ってしまった。喋《しゃべ》っているあいだに落ち着きを取り戻していた心臓が、ふたたび鼓動を加速させる。

「怖がらずに。兎神を満足させるのは、王の重要な務めです。必ず気持ちよくしてみせますので」

グローブのように大きな手が俺の耳のあたりに伸ばされる。ちょっとためらうような仕草のあとに、壊れものを扱うようにそっと頬にふれられる。

隆俊の端整な顔が近づいてきて、緊張してぎゅっと目を瞑《つぶ》った瞬間、ふわりと男の香りが漂った。

お姫さま抱っこをされたときにも感じたが、いい匂《にお》いだと思った。お香や香水ではなく、落ち着いた自然な香りだ。そちらに意識がいったとき、唇が重なった。

表面がすこしかさついた唇だった。初めは遠慮がちに軽いキスを重ねるだけだったのだが、そのうち舌が口の中に潜り込んできて、歯列を舐《な》められる。

「ん……」

キスなんて……大学の飲み会で、酔った女の子にふざけたノリで無理やり奪われて以来だ。こんなキスは初めてだった。

熱い舌先が歯のあいだからさらに奥へとやってきて、縮こまっていた俺のそれをみつけると、表面を舐めるように絡んできた。それからいったん離れると、側面をくすぐるように刺激される。

隆俊のリードは穏やかで無理がなく、気持ちがよかった。なんども角度を変えて舌を絡めてはほどき、舐めあっているうちに次第に身体が熱くなってくる。

今朝知りあったばかりの男と、どうして俺はこんなに熱いキスを交わして身体を熱くしているんだろうか。ぼうっとしてきた頭の片隅でそんなことを思っていると、いつのまにか帯をほどかれ、浴衣を脱がされていた。

隆俊の唇が離れ、胸元のほうへと視線が移される。

「あの……」

薄い身体を見られている気恥ずかしさに、声をかけずにはいられない。

「はい」

「いま気づいたけど、兎神の性別って、女性だと思ってたんじゃないか?」

「神の性別……あまり考えたことはなかったですが、そうかもしれません」

「なんか、ごめん」

「なぜ謝るのです」

「いや、だって俺、男だし」

隆俊が小首をかしげる。

「女性では？」

「なんで。胸、ないじゃないか」

肩から落とされた浴衣は腰元で丸まっており、貧弱な俺の胸元は隆俊の目の前に晒《さら》されている。顔だって声だって、どこからどう見ても男と判断できるはずなのだが。

「乳首があるではないですか」

「そりゃあるだろう」

なにを言ってるんだ、と俺は言い返した。

すると隆俊はつかのま俺の顔を見つめ、おもむろに自分の浴衣の前襟を開いてみせた。

目の前に、羨《うらや》ましくなるほど広く厚い胸板が現れる。張りがあって男の色気を感じさせる、なめし革のような褐色の肌。だがそこにはあるべきはずのものがなかった。滑らかで、わずかな引っ掛かりさえもない。

彼には乳首がなかった。

目を皿のようにして探しても見当たらない。

「……な、い……のか？」

「男には乳首などありません。女性だけです」

そ、そうなんだ……。そういえばウサギもオスには乳首がないんだったか……。

呆然としていると、そっと押し倒された。上に覆いかぶさってくる男の指に片方の乳首を摘《つま》まれ、俺の身体はびくりと震えた。

押しつぶされ、くりくりと捏《こ》ねまわされる。もう一方は唇を寄せられ、舌先で舐められた。

そんなところを人にいじられた経験はない。気持ちいいと言うよりも、むずがゆいような身の置き所のない感覚がして身をくねらしたくなるのをこらえていたら、ふいに下方へ伸ばされた手に中心をさわられて、変な声が出そうになってしまった。

「……っ」

「……本当だ。男性でもあるのですね」

まるで両性具有のような言い方だ。

「男性でもって……っ、ぁ……と、とにかく、無理して、しなくていいから……っ」

中心をじかにさわられて、ゆったりとさすられる。この状況にすでに興奮していた俺のそれはまたたくまに勃《た》ちあがり、硬くなっていく。

「無理なわけがありません」

その声はそれまでよりも一段と深く真摯で、思いつめたような響きが含まれていた。

「……ずっと、夢見てきたんです」

「な、に……、……っ」

俺の乳首と中心を攻める手が徐々に淫《みだ》らさを増す。声が出そうでこらえると、そのぶん身体の中に熱が蓄積されていくようで、呼吸が乱れてしまう。

「我らを救ってくださる兎神というのはどんな方かと、幼い頃からずっと夢想しておりましたが……まさか、こんな愛らしい方だったとは……」

「……ん、……っ」

「あなたが嫌がっているとわかっていても……。それでも……私は、王になれたことを今日ほど神に感謝したことはありません」

熱っぽくささやかれたかと思うと、乳首をねっとりと舐めまわされた。ちいさな突起を転がすように舌先でもてあそばれ、ぞわりと背筋が震える。先ほどまではむずがゆいだけだったのに、下の刺激との相乗効果なのだろうか、得体の知れないなにかが身のうちを駆けめぐる。告げられた言葉の意味を考えようとしても、手と舌の動きが気になって思考がまとまらない。

「や……あ……」

身体がどうしようもなく熱くなり、中心に快感が滾《たぎ》る。放出したい欲求が急速に満ちてきて、そのことだけで頭がいっぱいになって目を瞑った。

「あ……もう……っ」

出る、と告げようとした言葉は、解放に間にあわずに喉に飲み込まれた。息をとめ、下肢を震わせ、吐精の快感に全身を浸す。

「は……」

他人と抱きあうどころか吐精すること自体が久々で、恥ずかしいほど早く達《い》ってしまった。このどこが性欲の神なんだか。

大きく息をついて目を開けると、男の海のような双眸《そうぼう》に見おろされていた。始終落ち着いているように見えたまなざしは、いまはふしぎなほど熱を帯びていて、欲情の色がはっきりと揺らめいている。

思わず息をとめて見惚《みと》れた。

その瞳が唇を見つめながら近づいてくる。自然とまぶたを閉じると、しっとりと唇を重ねられた。軽くついばむようなキスのあとに頬を優しく撫《な》でられ、妙に顔が熱くなる。

俺の息が整うのを待ってから、隆俊が身を起こした。そして膝立ちになり、帯を解いて浴衣を脱ぎだす。

「あの、くどいようだけど、俺が男だって理解してるよな？」

「はい」

「男としたこと、ある？」

「いいえ。ですが、ご心配なさらずに。兎神がどのような交わりを望まれても対応できるように、あらゆる指導を受けておりましたので」

「あ……そう……」

あらゆる指導というのが具体的にどんなものなのか気になるが、訊いたらとんでもない答えが返ってきそうだ。パンドラの箱を開けてはいけないと俺は黙った。

しかし、ノンケなのか。

まあそうだよな、うん。

ノンケなのに男を抱かなきゃならないなんて、王も大変だな。全然嫌そうなそぶりを見せないところは、さすが王になるだけのことはあるよな――などと思っていたら、浴衣を脱いだ男の、雄々《おお》しくそそり立つ男根が俺の視野に飛び込んできた。

「…………」

身体の大きさからして当然そこも大きいだろうと予想していた。

しかしそれは予想以上で、俺は固唾《かたず》を呑《の》んでそこを凝視してしまった。しかもそれは腹につくほど反り返り、極限まで興奮していることが見てとれる。

「なんで……興奮してるんだ」

ノンケのはずなのに、俺みたいなふつうの男の痴態を見せつけられて、なぜ勃起《ぼっき》することができるんだ。

隆俊は困ったような笑みを浮かべた。

「それは、私も男ですから」

「意味がわからないんだが」

けっきょく理由は答えてもらえなかった。

まあきっと、俺が兎神だと固く信じて疑っていないせいなんだろう。どんな状況でも対応できるよう指導受けたって言うし、よく聞いていなかったが、さっき、兎神への信仰心を語っていたようだし。

「あー、ええと……俺も手でしようか」

「いいえ、私はいいです。それよりも、あなたの中に入らせてください。そうしないと交わったことになりませんから」

中に入る、だなんて直截的《ちょくせつてき》に言われてどきりとする。

「その……入る、だろうか。俺の身体には、きみのものは、ずいぶん大きいようだけれど」

「そうかもしれませんね。よく慣らしましょう」

枕元に置かれていた小箱に隆俊が手を伸ばす。ちなみにちらりと見えた尻に尻尾は生えていなかった。

隆俊は小箱から小瓶をとりだすと身体の脇に置き、俺の足に手をかけた。

「その瓶は」

「香油です」

めちゃくちゃ緊張してるし不安だが、俺は年上のプライドで感情を抑え、自ら膝を立てて軽く足を開いた。すぐにどろりとした液体をまとった彼の指が俺の入り口へふれる。

そんなところ、誰にもさわらせたことはない。初めて他人にふれられて、その指先の硬い皮膚の感触に身体がこわばる。

俺は、初めてをこの男に許してしまうのか。

改めてそう思ったらいまさらながらちょっと待ってくれと言いたくなった。嫌悪感が生じたわけではなく、やはり心の準備が足りない。しかし言いだすことができずに内心でうろたえているうちに、香油を襞《ひだ》に塗りこむようにしながら指が中へ入ってきた。

自分の指とは異なる異物感に、うう、と心の中で呻《うめ》いた。

じつは、異人種とのエッチなんてどんなことになるか不安だったので、風呂に入ったときに自分でほぐしておいたのだ。お陰でそこは隆俊の指をスムーズに呑み込んだ。

「だいじょうぶですか」

「ん……平気」

入り口を広げるように指を動かされる。ぐるぐると円を描くように動かされ、それから二本目の指が挿《い》れられて、中を広げられたり、指の腹であちこちをこすられる。粘膜が指の動きを驚くほど緻密《ちみつ》に伝えてきた。

痛みや不快感はない。だが身体の内部を他人に探られてかきまわされるなんて初めてのことで、その想像以上に強烈な刺激に思考を混乱させられる。

やがて指が三本に増え、感じる場所を探るように中を刺激された。

「気持ちよくはないですか」

「う、ん……」

なんども香油を継ぎ足しながら、隆俊が根気よく抜き差しを続ける。長い時間をかけて慣らされて、そこがじゅうぶんに蕩《とろ》けきっても、先に進む気配がない。

「あの……隆俊くん」

「はい」

「まだ、入りそうにないかい……？」

「いえ。それは可能ですが」

「だったら、もう……」

「しかし……、挿れる前に、感じる場所を知っておきたいのですが」

そういう指導を受けたのだろうか。配慮と意欲はありがたいが、未経験の俺の身体は、そんな簡単に後ろで快感を得られないんじゃないかと思う。このままだとお互いに疲れそうだ。

「いや、たぶん、ずっとそうしてても気持ちよくならないと思うから、もういいよ」

「そう、ですか……私ではだめでしょうか……」

俺の経験不足っぷりを知らない隆俊は自分が原因と思ったようで、力を落として指を引き抜いた。

「不甲斐《ふがい》なくて申しわけありません」

本番もまだなのに、そこまで消沈しなくてもいいと思うのだが。この歳で初体験だと告白するのは恥ずかしいので黙っていたが、教えてあげたほうがいいだろうか。

「きみのせいじゃないし――」

そこで言葉を中断したのは、隆俊が先ほどとはべつの小瓶を手にしたからだ。粘度の強そうな液体を指にすくっている。それはなんだと問う前に、俺の蕩けた中へ指が入ってきた。

粘膜に、塗り広げられている感触。

「な、にを」

「すこし催淫《さいいん》作用のある軟膏《なんこう》を塗っております」

「え」

隆俊くんよ。任せろって言ってたくせに、けっきょく薬頼みなのかい？

「きみね、そういうものは、使う前に本人に……、っ、あ……っ」

どうやら即効性のものらしい。塗られた直後だというのに、中がじんじんと疼《うず》きはじめてきた。はあ、と熱い息がこぼれる。

「効いてますか」

「……熱い……」

身体中の血流が急に疾走し、カッと燃えあがる。そこが熱くてたまらず、喘《あえ》ぐような息遣いになりながら、隆俊を見あげた。

「なんだ、これ……、あ……っ」

指を大きく動かされて、その場所から強い快感が生まれた。これまで感じたことのない強い刺激で、抜き差しされると脳髄まで痺《しび》れるような感覚に侵される。

「あ……っ、ぁ……」

身をよじって耐えようとするが快感は増すばかりで、あられもない嬌声《きょうせい》を口から溢《あふ》れさせながら必死に枕に縋りつく。

「よさそうですね……」

興奮してかすれた声。それから生唾を飲み込む音が聞こえた。

「っ、ぁ……たかと……し……っ」

どうにかしてほしくて息も絶え絶えに名を呼ぶと、とたんに指が引き抜かれ、脚を大きく開かされた。膝裏に手を入れられて膝が肩につくほど折り曲げられると、布団から浮いた入り口に硬いものが押し当てられる。

――ぐぐっ……と、中に入ってきた。

「んぅ……、……っ」

ものすごい質量に、息がとまりそうになる。しかし苦痛はない。圧迫感を覚えるが、甘い快感がそれを凌駕《りょうが》して全身を支配する。

ゆっくりと慎重に入ってくるのがじれったく思えるほど粘膜が疼いて、勝手に腰が揺れて

しまう。

身体が、そこが、燃えるように熱い。

熱く硬い猛《たけ》りをみっちりと嵌《は》め込まれ、奥でとまったと思ったら、ずるりと引き抜かれる。

その刺激に電流が走ったように身体が痺れた。

「あ……、あ……っ」

また、入ってくる。

柔らかい内壁をたくましいもので突き刺されるたびに、痺れと疼きが強烈な快楽へと変換されていく。ひと突きされるごとに背が仰《の》け反り、内股《うちまた》が震える。突かれた拍子に強い反応を示すと、その部分をさらに攻めたてられ身悶《みもだ》えした。

「辛くないですか」

「ん……いい……、……っ」

俺が声をあげると、隆俊の腰使いがそれに応じて激しく強くなってくる。

エッチって、こんなだったのか……。

男同士のエッチは準備が大変なわりにたいしてよくないとか、逆に癖になるほどいいとか、いろんな意見を耳にして、自分の場合はどうだろうと想像したこともあったが——想像以上に、よかった。

催淫剤のお陰なのだろうが、初めてなのに気がおかしくなりそうなほど気持ちよかった。

そして、初めて自分の身体を開いた男に対して、もう他人ではいられないような気分にさせられた。

初めは多少なりともそんなことを考えていられたのだが、なんどもなんども身体の奥を突かれ、揺さぶられているうちに頭も身体も揉《も》みくちゃになって、しまいには自分がいる場所すらわからなくなった。覆いかぶさってくる大きな身体に必死にしがみつき、幾度も高みへのぼっては精を放つ。わけがわからないほどの深い快楽に溺《おぼ》れながら、俺はいつしか意識を手放した。

三

目を覚ますと隆俊の姿はなく、陽が傾いていた。浴衣を着てとなりの部屋へ行くと、俺の世話係になったという若者が食膳《しょくぜん》を運んできてくれたので、ありがたくいただく。内容はご飯に味噌汁《みそしる》に野菜の煮物という、ふつうの和食である。

「お口にあいますでしょうか」

食べはじめてしばらくすると、部屋の隅に控えていた若者が緊張した面持ちで尋ねてきたので、俺は微笑んでみせた。

「うん。おいしいよ。昔食べたおふくろの味に似てる」

すると若者が怯えたような顔をした。

「なんだい」

「……兎神はご母堂様を召しあがったと……？」

俺は口に入れたばかりの芋《いも》を噴きだしそうになった。

「ちち違う！　おふくろの味って、おふくろの手料理の味って意味だよ」

「そうでしたか……よかった……」

若者がほっと胸を撫でおろす。俺がおふくろを食べたと本気で疑ったらしい。なにを考えてるんだ。と思ったが、あとで気づいた。日本では『おふくろの味』でひとつの言葉になっているが、ここではそういう言い方をしないのかも。日本でも地方によって方言とか言いまわしとか違うもんな。俺も『お母さんの味』とか『お父さんの味』とか言われたら違和感を感じそうだ。それぐらいならまだいいが、『昔食べた妹の味』とか『昔食べた弟の彼女の味』とかになってくると、これはもうまったくべつの意味になってくる。さらに『昔弟と食べた彼女の味』となってくると——そこまでいったら脱線しすぎか。

アホなことを考えつつ食事を終えると、若者が簡単に部屋の説明をしてくれた。

それによると、この二間が俺の住居だそうだ。食事をしているこの部屋が居間となる。隆俊や評議衆もいっしょに暮らしている屋敷の、一番奥に位置するらしい。

用があったら呼んでくれと言って若者は食膳を持って去っていった。

俺は食欲が満たされるとふたたび布団へ戻り、横になった。

眠いわけではなく、隆俊に抱かれた疲れが残っていた。その上困ったことに身体の疼きが続いていた。塗られた直後ほどではないが、刺激を欲してじんじんしている。

使用された催淫剤は即効性だけでなく持続性もあるらしい。おとなしくして薬効が薄れるのを待つしかないと思って横になったわけだが、目を瞑ると先刻の隆俊との情事が思い浮かんでしまった。

己の演じた痴態が次々と脳裏に浮かび、火照《ほて》りを冷ますどころか熱があがってしまう。中にだされたようで、尻の辺りが濡れている感覚も疼きを助長している。

「うう」

どうしようもなくて布団をかぶって耐えていると、廊下のほうから来訪を告げられた。佐衛門である。

「ご面会よろしいですかな」

「はい。どうぞ」

返事をして布団から抜けだし、浴衣の襟元を正しながら居間へ行くと、佐衛門が入ってきた。

「おや。お目覚めになられたと聞き、足を運んだのですが、お休みでしたかな。これは失礼を」

「横になっていただけですので、だいじょうぶです」

「どこかお加減がすぐれないのでしょうか。そういえば、ご様子が違うような……」

体調はすこぶるよくない。だが催淫剤のせいで身体が疼くんですだなんて、神主の老人にまさか言えるわけがない。俺は苦笑いを浮かべつつ首をふった。

「問題ないです。それよりご用件は」

「おお、そうです。兎神降臨の式典についてご相談をと思いましてな」

「降臨の式典ですか」

そんなものをするのか。

「さようです。兎神が天でおこなっていた神事――我らで言えば仕事ですな。それを式典でご披露していただくことは可能でしょうか」

「仕事……は、たぶん無理じゃないかと。ここには道具がないので」

この世界にカメラはなさそうだ。大久野島の宿泊所に残してきたキヤノンEOSIDX、あれ、買ったばかりなのになあ、勝手にいじられたりしてないだろうなあ、などとカメラへ思いをはせていると、佐衛門が悔しそうに唇をかむ。

「やはり、臼《うす》と杵《きね》というものが必要なのですな」

「……。臼と杵、ないんですか」

月に住む兎神といったらやっぱりそうなるか、と思いつつそこは受け流し、臼と杵がないってことはもち米を栽培してないんだな、と思ってまじめに尋ねてみたら、老人の皺《しわ》だらけの顔が青ざめた。

「佐衛門さん?」

佐衛門がいきなり床に手をついてがばっと平伏する。

「も、も、申しわけございませぬ……っ。お迎えの準備は万全に整えたかったのですが、これだけは……言い伝えだけでは、どうしてもどのようなものかわからず……っ」

「いや、怒ってるわけじゃないですから。俺、餅《もち》つきとかあまりしたことないですし」

慌てて宥《なだ》めると、佐衛門が俯きがちに身を起こした。

「さようで……しかし、残念です。その……も、も、も……」

「も？」

「も、も……餅つき……っ！　を、ぜひこの目で拝見賜《たまわ》れたらと願っておったのです」

佐衛門は『餅つき』の部分でなぜか恥ずかしそうに頬を赤らめた。

なにを想像しているんだ、なにを。

確認してみたかったが、話が長くなると困るのでやめておいた。いまの俺はそれどころではないのである。

奥が疼いてしかたがなくて、つい腰をもぞもぞ動かしたくなってしまう。熱があるときのように顔は赤く、目も潤んでいるかもしれない。すこしでも熱を逃がそうと、こっそりため息をついた。するとふと顔をあげた佐衛門が、俺の顔を見るなりさらに顔を紅潮させ、唇をわなわなと震わせはじめた。

「こんな老僕にまで……なんとすさまじく、あらがいがたい……」

老人の細身ながらも大きな身体がうろたえたように後じさりする。

「だ、だめですぞ……っ。兎神には指一本ふれてはならぬと、陛下からきついお達しがあったばかりなのです。万が一にも間違いを犯したら、島から追放だと。ですからそのように誘惑されても……っ」

「はい？」

「わ、わ、わかりましたぞ。お加減がすぐれないのは陛下との交わりが足りぬせいですな！　しばしお待ちを。すぐに陛下をお呼びいたしましょうぞ」

「え、ちょっと待っ――」

俺がとめるのも聞かず、佐衛門は逃げるように部屋から飛びだしていった。よほど慌てたのか、扉が開いたままだ。

唖然《あぜん》としていると、入れ替わるようにひとりの男がふらりとやってきた。隆俊よりも若そうだけれど野放図《のほうず》そうな、見たことのない男だった。

髪の色の赤みが強く、瞳の虹彩もちょっと赤みを帯びている。ウサ耳の毛色も濃い。

男は俺を見るなり子供のように目を丸くした。

「こりゃたまげた……騒ぎになって当然だ」

呟くなりつかつかと部屋の中へ入ってきて、それまで佐衛門がすわっていた座布団にどっかりと腰をおろした。胡坐《あぐら》をかいた膝に肘《ひじ》をつき、前のめりの崩した姿勢で俺をじっくりと眺める。

「な、なに」

「あんたが兎神？」

「はあ。あ、いや、違う」

「ははは。どっちなんです」

男は一見怖そうな顔をしていたが、笑うと意外なほど愛嬌《あいきょう》のある顔になった。

「みなさんは俺のことを兎神と呼んでるけど。それで、きみは？」

「俺は赤井秋芳《あきよし》。王の弟。二十歳。身長は百九十八センチ、体重は内緒。好きな食べ物はかぼちゃ。理想の人はあんただ」

弟秋芳は豪快に口を広げてニカッと笑うと、恐ろしくすばやい動きで俺を抱えあげた。

「うわっ」

「兎神は王と交わるんだろう？　だけど王ひとりだけのものって決まりはないですよねえ。俺ともしましょ。俺はしたいです」

「はっ？　ちょっと」

飛ぶように寝室へ運ばれ、布団の上に降ろされた。すぐさま秋芳がのしかかってくる。

「な、なんなんだ、きみは……っ」

出会って二分と経たないうちにこの状況。レトルトご飯もびっくりな展開に俺は目を白黒させてしまう。

「か、勘弁——」

押さえつけられた身体をジタバタさせてもがくが、逃げられそうにない。

とそのとき、戸口のほうから突き刺すように鋭い声が投げつけられた。

「秋芳」

隆俊だった。

佐衛門が呼びに行ったのはついさっきなのに、もう来たのか。

「なにをしている」

大股で寝室までやってきた隆俊が仁王立ちで秋芳を見おろす。背筋が凍えそうなほどに冷酷なまなざしだった。声も、荒げているわけではなく抑えた静かなものなのに、怖いぐらい迫力がある。

秋芳がぎくりとしたように顔をしかめ、身を起こす。

「やー、まあ、なんと言いますか。ごあいさつがわりに一丁、肌と肌のふれあいによる心の交流を、とご提案したところで」

「兎神は、王である私以外の者との交わりはしないと、神主と評議衆に宣言している。下衆《げす》なまねはするな。それから兎神に面会したければ私の許可をとれとの通告は聞いただろう」

「え、なんだそれ。出かけてたもんで、いま初めて聞きましたよ」

隆俊が押し黙って秋芳を睨《にら》む。

「……次はないぞ。指一本でも許可なくふれたら島から追放だ。わかったら去れ」

「ははあ」

秋芳は兄には頭があがらぬのか、顎《あご》を突きだすようにして頷くと、俺のほうにも一礼して、素直に部屋から出ていった。

腕を組み、部屋の境に立ったまま弟を見送った男は、ため息をついて俺のほうをふり返った。まなざしから冷酷さは消えたものの、咎《とが》めるような色が滲んでいる。

「交わりが足らぬようだと佐衛門から聞きました。佐衛門や秋芳を誘ったのですか」

布団の上で中途半端に身を起こしている俺の横に、隆俊が腰をおろす。

「誘うわけないだろう……、んっ」

男の手が伸びてきて、浴衣の上からするりと臀部《でんぶ》を撫でられた。

「……濡れてますね」

情事のなごりで尻の辺りが濡れていた。指摘されて頬が熱くなる。

「そ、それはきみがだしたもののせいだろう……それよりも、あの軟膏、成分はなんなんだい」

「あの軟膏とは……二度目に使ったものですか」

「そうだよ。ものすごい効き目で、まだ……まいってるんだ」

「まだ?」

隆俊の手が俺の腰に置かれている。刺激を加えられているわけでもないのに、それだけで身体がぞくぞくしてきて息が荒くなりそうだった。

「変ですね。あれにそんなに強い効果はないはずですが」

「そりゃ、きみたちみたいな身体の大きな人と俺は違うんだから……、っ」

熱い吐息を漏らして恨めしげに隆俊を見あげた。

隆俊の瞳がすっと細められる。すると子供を扱うように軽々と抱き起こされ、膝の上に乗せられた。むきあう格好ですわらされ、浴衣の裾《すそ》を捲《まく》られる。

「あ」

「そんなふうにふたりを誘ったんですか」

背後にまわされた大きな手が腰から尻の奥へと滑り降りていき、入り口にふれる。濡れて柔らかいままのそこにあっというまに指が潜り込んできて、その刺激に俺の背が仰け反る。

「あ、っ……あ」

「相手はひとりだけでじゅうぶんだとおっしゃっていたでしょう。私では満足できませんか」

「んぁ……っ、だ、だから、誘って、ないって……っ、……っ」

「本当に？」

中で指を大きく動かされて、快感に腰が震えた。

「……当然、……っ、じゃないか……、あ、んっ……俺は、初心者なのに……っ」

「どういう意味です」

「だから……、あ……っ、交わり、なんて……さっき、初めてしたんだよ……っ」

誘うだなんて冗談じゃないと怒っているつもりなのだが、口を開くと恥ずかしい喘ぎ声まじりになってしまう。男の喘ぎ声など気色悪いだけだから聞かせたくないのだが、とめられず、目の前にある首にしがみついて耐えていると、指を引き抜かれた。

「初めて……？」

隆俊が呆然としたように尋ねてきた。

「私が、初めてだったのですか……？」

「そうだよっ」

隆俊が驚いたように俺の顔を凝視し、それからなぜか興奮したようにごくりとのどを鳴らした。

「……ならばなおさら、そんなお顔をなさらないでください」

「な、なんで」

「そんな目つきをされて、そんな色っぽい表情をされたら、誰だって誘われていると勘違いします。私以外の相手にそんな顔をお見せになるのは、やめてください」

「んなこと……、っ……」

やめろと言われても、自分の表情などわからない。そもそも三十間近の地味な男に、老人やはたちの青年が誘惑されるという発想がおかしくないか。

理解困難な苦情に困惑していると、腰を持ちあげられた。入り口になにかが当たる。いつのまに準備していたのか、それは隆俊の屹立《きつりつ》したものだった。

ゆっくりと身体を落とされ、先端が中に入り込んでくる。

「え、待っ……」

「痛みますか」

「ッ……痛く……は、ないけ、ど……あ……っ」

重力で落ちていく身体の中に、隆俊のものが埋没していく。疼いていたそこが徐々に広がり、ほしかったもので満たされていく感触に、めまいのような歓喜を覚えた。

「っく……んん……」

大きな猛りは、まだすべて収まりきっていない。このままじんわりしたペースで進むのかと思いきや、ふいに下から突きあげられた。

「あっ」

いっきに残りのすべてを呑み込まされ、強い刺激に中が収縮する。無意識に隆俊のものをきつく締めつけ、快感に唇がわななないた。

「兎神。あなたの相手は私だけだと、きちんと約束してください」

体内の隆俊の存在で頭がいっぱいの俺に、隆俊が真剣に言う。

いけないことをした覚えはないのに、なぜそんなにきつく言われるのか。

「な、んで……っ、んっ……」

「……理由ですか」

呟きのあとに、逡巡するような間があく。

「それは……私は……」

その口が苦しげになにかを言いかけたが、思いとどまるように閉ざされた。そしていまのは忘れてくれと言うかのように、きつい突きあげがくる。

「っ、あ、ぁ……っ」

「そうですね……理由は、あります……」

ふたたび隆俊が口を開いたときには、切り替わったように抑制の利いた声となった。

「国作りははじまったばかりなのです。この不安定な移行期であるいま、秩序を軽んじたら今後成りたちません。ですから私の職務をおびやかす言動を慎んでいただきたいのです」

話しているあいだも下からの突きあげは続いている。結合部からぐちゅ、ぐちゅ、といやらしい水音が派手に響き、王の冷静な言葉をかき消す。

「あ、……あっ」

「約束してください。いいですね」

「……ん……っ、わかった、から……っ、ァ、あ……っ」

猛りを奥まで挿れられて、引き抜かれる。ただそれだけの行為がこれほど気持ちいいとは知らなかった。なんどもくり返されると、快感が増し、身体の熱があがり、全身から汗が玉のように吹き出る。身体の中に突風のような悦楽が巻き起こり、俺は男の身体に抱きついて、夢中でそれを貪《むさぼ》った。

「私が相手でも、ご満足していただけておりますね」

「ん……っ」

「ほしくなったら、誰かと会う前に、私をお呼びください」

「ああ……」

薬のせいで貪欲《どんよく》になっていた身体は俺から理性を奪う。なぜくどいほど言われているのか理解できぬままに、相手は隆俊だけだと約束させられた。

四

二度目のエッチも意識が途切れるまで続いた翌日、目が覚めたときには薬効は切れていた。それはいいが、お陰で腰に力が入らない。

あんなにやったのだから今日は休みたいのに、毎日エッチする決まりなので今夜もしなくてはいけないという。十代じゃあるまいし元々体力もない三十路《みそじ》目前のこの俺に連日のエッチはヘビーだ。

次からは絶対、催淫剤を使わないように言わなければ。でないと身体がもたない。

午前中おとなしく過ごしていたら腰の塩梅《あんばい》がいくらかましになったので、散歩してくると世話係に言ったら、案内役として隆俊がついてくることになった。

こっちは昨日のエッチ疲れを引きずっているというのに、彼のほうはけろりとしていた。

「仕事はいいのかい」

「これも王の務めです」

王はさらりと言い、外へ出ると俺を抱きあげた。お姫さま抱っこではなく片腕で子供を抱きあげるような格好だ。

「お、おい」

「これで行きましょう」

隆俊は平然と歩いている。昨日も砂浜から俺を運び、その後に長時間エッチしたというのに微塵も疲れた様子がないとは、本当にどういう身体の作りをしているのだろう。

「ご自身で歩きたいとお望みかもしれませんが、兎神の姿を見たら、突然襲い掛かってくる者がいるかもしれませんので、万一に備えてこのほうがよいかと」

「襲い掛かるって、そんな」

「ありうることです」

隆俊の兎神への信仰心は本物のようで、驚くほど大事に扱ってくれる。俺が兎神じゃないと知ったらどう思うだろう。

「はあ。きみがこれでいいならいいけど」

従者や護衛などはなく、ふたりきりだ。

その端整な横顔を見おろしたら、この男と抱きあったんだよなあと改めて意識した。昨日は催淫剤のせいで夢中だったが、こうして理性をとり戻したら、恋人でもないのに抱きあった相手に対して、どんなふうに接したらいいものか悩む。

恋していているわけでもないのに、たくましい腕や胸板を意識してしまう。昨日の情事をまざまざと思いだし、顔が熱くなりそうだ。

隆俊のほうは涼しい顔をしているが、俺とエッチしたことをどう考えているのだろうかと気になった。だがすぐに、どうせ神へのご奉仕としか考えていないのだろうと思い、考えるのをやめた。

王の仕事なのだ。こちらもビジネスだと思おうと、昨日決めたじゃないか。

役場を出ると、昨日とは違う道を歩いて、のどかな集落をゆっくり見てまわる。

「畑はなにを植えているんだろう」

俺は農学部出身なので、自然と作物に目がいく。ちなみに農学部を選んだのは実家が農家だったからで、なんとなく親の勧めに従った形だ。それがカメラマンになってしまったのは、在学中に趣味で撮った写真を雑誌に投稿したら賞が取れてしまい、それがきっかけとなってますます写真に嵌まって師匠につくようになった。卒業する頃には師匠に仕事を紹介してもらえるようになり、気づいたら業界人となっていたのである。だから親父《おやじ》にはちょっと申しわけなく思っている。

「畑はこの時期ですと、馬鈴薯《ばれいしょ》や――」

隆俊の説明によると、自然の生態系は日本にかなり近いようだ。だが畑には見たこともないような野菜が栽培されていたり、唐辛子やズッキーニのような日本原産ではないものもあった。

農家だけでなく、鍛冶屋《かじや》や紙屋などの職人たちの集まる区域が役場の近くにあったり、寺子屋もあったりする。人口が急激に増加していて施策や教育が追いつかないとか、いちおう通貨もあって十進法だとか、人々の暮らしぶりや文化レベルを昨日よりも詳しく把握した。

「あのさ」

道中、気になる光景をなんどか目撃し、言おうか迷っていたのだが、またもや目撃してしまったので、ためらいながら隆俊に視線で示した。

「あれって……」

そこには大胆にも木陰でエッチしているカップルの姿が。

先ほどからちらほら見かけていたのだ。

昨日、自分も隆俊とあんなまねをしてしまったのだと思うと、恥ずかしくなって頬を染めて目を泳がせてしまう。

「気になりますか」

隆俊の反応を見ると、この島ではふつうの光景のようだ。

「なにもこんな人目につくところでしなくとも、と思うけど……みんな奔放なんだな……」

「天は違うのですか」

「まあねえ」

「私たちはいつもこんな感じです。酒や食事を絶つよりも、あれを控えるほうが難しい。自分の父親がわかる者は、すくないですね」

「父親がわからないって……それって、みんな、決まった相手を持たないってことなのか……？」

「大半は、そうです」

暇さえあればとっかえひっかえしちゃうらしい。隆俊も父親はわからないそうで、姓は母親のものを名乗るのがこの島流だそうな。婚姻制度はあまり浸透していなくて、子育てはみんなでしているという。

ウサギも乱交だけど……。そりゃ人口も増えるわ……。

ということは昨日の秋芳のように、出会っていきなりエッチを申し込むのも、ここではめずらしいことではないのかもしれない。

「すごいな……」

呟いて視線を転じれば、明るい空の下、雀《すずめ》がちゅんちゅんとさえずっている。

民家の庭先にはニワトリがおり、畑には猪《いのしし》よけの柵がある。

「畑を荒らす動物もいるんだね」

「山には猪や猿がいます」

島は大久野島とは比較にならないほど大きく、一周するのにウサ耳族の足で一ヶ月はかかるとか。山には野生の動物もいるらしい。

「ウサギもいるのかい？」

気になったので尋ねたら、隆俊が首をふる。

「いいえ、それは。竜といっしょで、伝説の神獣ですので」

「いないんだ」

「ということは、やはり月にはいるのですね」

「うん。かわいいよ」

見たことがないというので、どんな動物か説明してやった。隆俊はそれを興味深そうに聞いている。

ある程度まわると、王が兎神を連れて歩いていると噂《うわさ》になったようで、ひと目俺を見ようとして、人々が顔をだす。恐れ多いと思っているようで一定距離以上は近づいてこないのだが、

「あれが兎神か……」

「なんてお美しい……」

などという声がしばしば聞こえてきた。

ウサ耳族からしたら、俺は小柄な色白男のはずだ。平凡で、外見的に褒め称えられる要素はなにひとつ持っていない。加齢による容姿の変化もウサ耳族と日本人はおなじようだし、俺の認識はさほどずれていないはず。それなのに美しいとかなんだとか、どういうつもりなんだ。

佐衛門も言っていたが、まさかお世辞ではなく本気で言ってるんだろうか。

いや、でも、まさかなあ。本気だったら美意識を疑うぞ。

「なんだか男性ばっかりだな」

見物人の顔ぶれを見ていると、誰もが評議衆のように大柄で短髪で、男性ばかりだった。小柄だと思って見てみても、女性ではなく子供のようで、顔つきは男子っぽい。そういえば屋敷でも男性ばかりで、この島に来てから女性の姿を目にしていないかもしれない。木陰でいちゃついていたカップルはさすがに凝視していないが、どちらも男性っぽかったような。

そう思ったのだが。

「女性もいるではありませんか。そこにも、あそこにも」

「どこに」

隆俊が視線で示す先には、男性しかいない。

「えーと。もしかして、あの赤い着物の人？」

「そうです」

数人で確認した末、どうやらウサ耳族の女性は男性と同等に骨格がたくましく、短髪らしい。顔も男性と変わらない。女性のほうが明るい色の着物を着ていることぐらいしか俺には見分けがつかないのだが、隆俊に言わせると雰囲気でわかるものなのだそうだ。

ついでに俺よりずっと身長の低いちいさな子供でも骨格ががっしりしていて、俺のほうが華奢だ。

「いま気づいたけど……俺の着物、女の子供用なんだな」

「ええ、白い肌にその色がよくお似合いです」

隆俊が微笑む。子供用なのはいいとしても、なぜ男子用じゃないのかと言いたかったのだが、その嬉しそうな表情を見たら訊く気が失《う》せた。

寺子屋の前までくると、子供たちの一団と鉢合わせした。無言でじっと俺を見つめてくるつぶらな瞳がかわいい。みんなおなじぐらいの年頃なのか、俺が手を伸ばすとちょうどふれる位置にウサ耳が並んでいる。

はー。かわいいなー。

ウサ耳にふれるつもりはなかったが、ちょっと交流でもと思って手を伸ばしかけたら、その手を隆俊につかまれた。

「耳にふれるのは」

困ったようにたしなめられてしまった。

「あ、いや。耳にはさわらないよ？　さわりたいけど」

「……さわりたいのですか」

「さわりたいねえ」

俺はへらりと笑って頷いた。

「でしたら、私の耳をさわってください」

「耳にさわるのって、愛情表現だろう？　親から子供への愛情表現は含まれない？　恋人限定？」

隆俊がちょっと黙ってから、真顔で頷く。

「そう、ですね」

恋人の愛情表現ってことは、キスみたいなものなのだろうか。異文化の感覚の違いって、距離感をつかむまでが難しいな。

「兎神がさわりたがるのは好奇心によるものだと私はわかっておりますが、ほかの者は知りません。ほかの者には間違ってもさわらぬように。誤解を受けます」

「ふうん」

隆俊のはさわってもいいということになったが、特別な行為なので、さわるのは夜のみ。くれぐれも口外しないように、なんてことまで約束させられてしまった。

「ふたりだけの秘密か」

「そうです。佐衛門にも言ってはいけません」

隆俊がしかつめらしく言う。

ただ耳をさわるだけなのに、ずいぶん秘密めいているというか、もったいぶっているというか。

「わかったよ」

子供の頃、友だちと秘密基地を作った記憶がふいによみがえる。「弟にも内緒だかんな」なんて言いながら作った、あのときの仲間の連帯感を思いだし、俺はくすりと笑った。

この異種族の王と、すこし気持ちが近づいたような気がした。


屋敷へ戻る前に役場の様子も見学させてもらうことになり、立ち寄ると、見知った姿を見つけた。

「あれ。秋芳くんがいる」

板敷きの広間に和机を並べて事務仕事をしている男たちに混じって秋芳がいた。王の弟のはずだが重役というふうでもなく、一般の役人のようだ。意外とまじめに働いている。

「お！　兎神！」

秋芳はすぐに廊下にいるこちらに気づいて、のしのしと歩いてきた。

「俺に会いに来てくれたのか。嬉しいですねえ」

秋芳がくると、隆俊が腕の中の俺を彼から遠ざけるように一歩さがる。

「秋芳。いいから仕事をしろ」

「あいさつぐらい、いいでしょうが。兎神、書庫へ行くなら俺が案内しますよ。陛下より俺のが詳しい」

「書庫？」

「ええ。ま、たいしたもんはないけど。十聖人の記録ぐらいで」

十聖人の記録。

日本に帰る手がかりは載っていないだろうか。

「そ、それ、すごく見たいんだが。帰る方法がわかるかも」

いきおい込んで頼むと、隆俊の表情がわずかに曇ったように見えた。しかしすぐに「ではご案内します」と言ってくれたので、気のせいかもしれない。

「陛下。俺も――」

「必要ない。おまえは仕事をしていろ」

隆俊がそっけなく言って歩きかけたとき、廊下近くにいて話を聞いていた役人が、控えめに声をかけてきた。

「陛下。兎神ならば、禁断の書もご覧になれるのでは」

「……そうだな」

隆俊は不機嫌そうに答えてその場を立ち去ると、廊下の奥へ進んだ。

「禁断の書ってなんだい」

「十聖人のひとり、正男が、中を見ることを禁じた書物です。見たら呪《のろ》いがかかると言われており、聖人以外の者は誰ひとりとして読んだ者はおりません」

「呪いだって？」

「ご覧になられますか」

読んだら俺もウサ耳が生えたりして……。まさかな。

「そうだね。せっかくだから」

役場の屋敷内に書庫はあった。和綴《わと》じの本が所狭しと並んでいるが、部屋が狭いだけで、一国の蔵書としてはさほど多くはなさそうだ。戸籍帳とか、その年の作物の収穫量や天候の記録などが大半を占めている。

「こちらが十聖人の残した文献です」

隆俊が俺を抱えたまま、棚から数冊の本をとりだした。

「禁断の書は、鍵《かぎ》のかかる場所に保管されておりますので、あとで部屋へ届けます」

書庫は薄暗いし読むスペースもないので、本を持って屋敷へ戻った。部屋へ戻ってまもなく、禁断の書とやらも届いた。

禁断の書なんて言うから魔術書とか怪しいものかと思ったら、なんのことはない、聖人正男の個人的な日記だった。

聖人正男が、人の日記を勝手に読んじゃならん、ぐらいのノリで言ったのを、聞いた者が大げさに受けとって禁書指定してしまったんじゃないだろうか。ここの住人のすっとぼけ具合だとじゅうぶんありうる。

そんな感じで気楽に読みはじめたのだが、この日記のお陰でけっこうなことがわかった。

いやほんとに驚いた。

十聖人は俺とおなじ日本生まれの、日本人だった。

日記によると、戦時中、日本軍は人体の遺伝子操作をしてほかの動物と掛けあわせ、生物兵器を作る実験を秘密裏にしていたらしい。

十聖人はその被験者たちで、終戦時、証拠隠滅とばかりに大久野島の一ヶ所に集められ、毒ガスで殺処分されることになった。そのとき土砂崩れが起き、気づいたらこの地にいたという。

聖人もウサ耳だったり大柄だったというのは、ウサギやほかの動物との掛けあわせの影響ということだった。

「……。ファンタジーだなあ……」

戦時中の頃に、高度な遺伝子操作がはたしてできたのだろうか。倫理面はいまほど規制のない時代だっただろうが、技術面でいまいち信じられない。だが実際にウサ耳族が存在するのだから、信じるよりないのだろう。

「そう信じれば、いろいろ納得だし……」

耳がウサギというだけでなく、男に乳首がなかったり乱交だったりとかいうこの島の人々の特徴も、ウサギの血によるものなのだろうと納得できる。

そして島人の祖先が日本人ならば、ここの生活様式が日本的なのも、擬似日本昔話を話すことも納得である。

昔話の一部に創作が入っちゃってるのは、たぶん自分たちの掛けあわせとなったウサギを悪者にしたくなかったためとか、あるいは紙は貴重なようだから、口頭で伝承が継がれたために自然に変化したとか、その辺りだと推測される。

佐衛門が説明してくれた「未曾有の災厄が訪れるとき、守り神である兎神が舞い降りて〜」という兎神伝説についても、元ネタらしきものが日記に載っていた。

あの話は、元々は凶作続きで辛い思いをしていた頃、子供や孫たちが希望を失わないように、いつかきっと神が助けてくれる、みたいなことを気休めに言っただけっぽいのだが、それに尾ひれがついて定着してしまったようだ。

「なんと書かれておりました」

読みふけっているあいだに陽が落ち、いったん帰った隆俊がふたたび来訪してきた。行灯《あんどん》の灯《あか》りに照らされた端整な顔は、不安そうにこわばっていた。

「うん。まあ、これといってたいしたことはなかったかな」

「天へ帰る方法については」

「それなんだけどなあ……」

聖人たちは俺とおなじように、わけがわからぬままこの地へ来ている。日本に帰る方法も知らず、戻れたという記述もどこにもなかった。昨日聞かされていたとおり、十人全員この地で果てている。

「戻れないっぽいかもしれない……」

自ら声にして言ってみたら、それは確定事項として胸に収まった。

もう一生日本の景色を見ることができない。そう思うと抑えがたい郷愁の念が沸き起こった。

しかし駄々をこねてもどうしようもない。

はあ、とため息をついて肩を落とすと、隆俊がそっとそばに来た。

「それほど、戻らねばならない理由があるのですか」

「いや。そうでもないんだけどね」

そうなのだ。

べつにさ。

冷静に考えれば、帰らなきゃいけない強い理由があるわけでもないのだ。日本に恋人を残してきたわけでもないし、仕事も自分の代わりなどいくらでもいるし、おふくろも八年前に他界しているし。

ただ、友人や親父になにも告げずに消えてしまったことが心残りではある。

心配かけるだろうなあ。

「では、なぜ。この地がお気に召さぬとか……やはり私が……」

心配そうに見おろしてくる男に、俺は力なく首をふってみせた。

「そうじゃない。なんていうかな。いまの俺は突然の環境の変化に気持ちがついていけなくて、帰属本能が強まってるんだよ」

隆俊にというよりも、自分に言い聞かせるように心境を分析して語った。

「だからここが嫌なわけじゃない。もちろんきみのことも。ただ、覚悟もなく急に来ちゃったから、知りあいに言ってこなかったことが気がかりだったりとか……。見知らぬ土地だから不安だったりとか……」

これが中高生ぐらいの前途洋々たる少年だったなら、日本に戻りたいと泣きわめくところなのだろうが、幸か不幸か俺は分別のある大人だった。

「ご不安を感じていらっしゃるのですか」

「そりゃね。きみたちは兎神がくると信じていて、心構えができていたようだけど、俺のほうは青天の霹靂《へきれき》でね」

もういちど深く嘆息すると、隆俊にそっと肩を抱き寄せられた。

「申しわけございません」

「なにが」

沈んだ声が頭上から降ってきた。

「私は、私のことしか考えておりませんでした。あなたが戻りたがっていることを知りながら、戻れないようだとお聞きし、安堵してしまいました。あなたがそれほど、この地での生活にご不安を抱《いだ》かれていたとは……恥ずかしながら、想像しておりませんでした」

「まあ、神が不安がってるとは想像できないだろうからね」

苦笑して答え、ふと、隆俊が昼間不機嫌そうになったのは、神が帰りたがってることが不安だったのだと気づいた。

戻る方法が書いてあるかもしれない日記を読ませたくなかったのだろう。

でも、ごまかさずに渡してくれたんだ。

「兎神」

ふいに、強い力で抱きしめられた。

「うん？」

「……兎神。私がおります」

そう訴える若い王の声は静かで、だが、力強いものだった。

「あなたのおそばには、私がおります。不安に思うようなことはなにもありません。民も、兎神の降臨を喜んでおります」

「…………」

「問題はなにもありません。万が一心配の種が生じても、私が解決してみせます。いま感じているご不安は杞憂《きゆう》であったと、のちのち必ず思えるはずです」

男の腕の熱が、俺に伝わる。

「私がついておりますから」

俺は兎神じゃない。

だが、真摯に励ましてくれる彼の気持ちは、弱っている俺の心に響いた。

「……うん。ありがとう」

着物越しに、力強い心臓の鼓動が聞こえてくる。

素直に嬉しく、心強く感じられて、身体の力を抜いて彼の腕に身をゆだねた。

「だいじょうぶです」

私がついているから、と言ってくれる落ち着いた低い声と、背を撫でてくれる手のぬくもりが心地いい。

優しい男だ。隆俊だって、俺の言動で不安になっていただろうにな。

俺は兎神じゃないから当然そのように主張してきたが、俺が神だと信じている隆俊は、その都度自分やこの地を否定されている気持ちになっただろう。そう思うとこちらも労《いた》わりの心が芽生えた。

「こっちこそ、きみに心配をかけていただろう。すまないね」

「そのようなこと……」

内心は猛烈に不安だし心細いし、帰れそうにないとわかって落胆している真っ最中なのだが、隆俊の励ましの声と力強い腕は俺の気持ちを意外なほど落ち着かせてくれた。男の香りも好ましく、安らぎを感じる。

ふしぎなことだと思う。まだ知り合ったばかりなのに。

「頼りにしてるよ」

「兎神……」

しばらく、そのぬくもりに甘えるように広い胸に頬を寄せた。

五

「兎神」

庭に作った畑で作業をしていると、縁側のほうから俺を呼ぶ声がした。

「やあ、隆俊くん」

「仕事の邪魔をして申しわけありませんが、すこしお時間をいただけますか」

「ああ。いいよ。そろそろくる頃だろうと思ってた」

俺は桶からひしゃくで水をすくって手を洗うと、縁側から部屋へあがった。

ウサ耳族の島に来てから、二週間が過ぎた。

あれから俺は、農作物に関する助力を申し出た。

と言っても日本へ帰る望みを捨ててこの地に根を下ろす決意をしたわけではない。単純にひまなのだ。

この地で自分にできることと考えた結果、農学部で学んだ経験が生かせるんじゃないかと思い立ち、試験用の畑を庭に作らせてもらった。これがもし経済学に詳しかったら貨幣制度やら物流なんかに助言する気になっただろうし、医学に詳しかったら公衆衛生やら薬草の栽培なんかに力を入れたくなっただろう。この地はなにもかもが発展途上で、たまたま俺が助力できそうというか興味のある分野が農業だったわけである。専攻は植物防疫だったから、正直、学んだ知識の大半はこの地では役立たずなのだが、まあ、なにかしら仕事はできるだろう。

毎年の作物関連や天候の様子やらの資料を調べると、天候不順時は予想以上に不作で、餓死者が出ている年もけっこうある。気候は一年を通して温暖で、条件は悪くないはずなのにどうしてだろうといろいろ話を聞くと、どうやら一番の原因は原種ばかりだからのようだ。それから、十聖人は昭和の人だからこの地の技術も当時のレベルかと思いきや、我流でやっている者が多い。教育が追いつかないと隆俊が言っていたように、指導できる人材が乏しいようだ。

安定した供給を目指すには、まずは品種改良と基本的な指導。どちらもとても時間がかかることだが、だからこそひま潰《つぶ》しにはもってこいというか。

もちろんひま潰しと言っても、やるからには成果をだすつもりでいる。誤解とはいえ、手厚く扱われて王を生贄《いけにえ》に捧《ささ》げられて、不必要なほどいたれりつくせりなのに飢饉にでもなったら、なんだか詐欺でもしたようで罪悪感を覚えそうだ。それに兎神がなにやらはじめたようだと注目されているし、期待に応《こた》えたい。

「今日はこちらの聖人花子《はなこ》の手記についてなのですが」

部屋へあがると、隆俊に聖人の日記を差しだされた。

隆俊は毎日夕方になると、聖人の手記の解説を頼みにやってきて、小一時間ほど過ごす。

手記には日本についての記述が散見される。しかし聖人たちはあまり日本のことを話したがらなかったうえに早くに亡くなっているので、正確に伝わっていないことが多い。

正しく読み解くことで、島の発展に繋《つな》げたいという隆俊の国作りに対する思いには、若いのに偉いものだと尊敬の念を抱いている。俺でも役に立つことがあれば、力になろうと思う。

農業を手伝いだしたのも、そんな気持ちもある。

で、それはいいのだが。

「では、失礼します」

ひょいと身体を抱えられ、胡坐をかいた隆俊の上に乗せられた。

「あの、さ。だからどうしてこの体勢になる必要があるんだ」

「ふたりで書物を読むには、こうしたほうが楽でしょう」

「……そうかな」

広い胸を背もたれにし、おなじ方向をむいて抱かれている。俺が膝の上に手記を広げると、
隆俊が肩越しに覗き込んでくる。

彼の腕は、俺の腹にまわされている。

……どうしてこんなに密着する必要があるんだ。

しかも手記の解説と言ったって、話のとっかかりとして最初に一文を読むぐらいで、あとはけっきょくふたりで問答するのがメインになるのだ。

「電気についての記述なのですが――」

隆俊のいつもと変わらない落ち着いた声が耳元でする。息が吹きかかり、頬が熱くなってしまう。胸がどきどきしてしまう。心臓の音が早いことに気づかれやしないかと、心配になってしまう。

この男といっしょにいるとふしぎなほど安心感を覚えたりもする。それなのに、同時にどきどきしてしまう。

隆俊とは毎日抱きあっている仲なのだ。これぐらいのふれあいはいい加減慣れてもいいだろうと思うのに、妙に意識してしまう。

「――兎神？」

俺を包むたくましい身体に意識がいってしまい、うわの空だった。

名を呼ばれて、慌てて手記へ意識を集中する。

「そ、そうだなあ。普及の問題は絶縁体かな。絶縁体っていうのは――」

手記に目を落として話しだすと、ページの端を握っていた俺の右手が、ふいに大きな手に包まれた。

「……な、に」

「すみません。綴じ目の文字が見えにくかったもので」

「あ、そう……」

なんというか、なんというか。

やめてほしいんだが……。

シチュエーションに刺激され、中学の頃の記憶がよみがえる。

仲のいい友だちで、ちょっといいなと思っていたやつがいたんだが、そいつはやたらとスキンシップ過多な男でこんなふうに俺に密着してくることが多かった。ほかの友だちに対するよりも俺には数段優しかったりして、もしかして、なあんて思ったりもしたが、バレンタインの翌日に彼女ができたと嬉しそうに報告されたっけ。

そいつとおなじで隆俊も他意はないんだろう。こういうノンケの無自覚の行動というのは本当に迷惑だ。こっちは乙女なゲイなんだ。こんな少女漫画みたいなことをされたら勘違いしてしまうじゃないか。

文字が見えにくくて、なんて言いわけも少女漫画的だが、もちろん隆俊が故意に俺の手を握ろうなんて発想をするわけはない。いまの会話のどこに綴じ目の文字が関連していたんだ？ と思ったりもするが、とにかく意識してのことじゃないはずだ。なぜならこの男は俺のことを神様仏様としか思ってないのだから。

ていうか、なんでもいいからもう手を離してほしいんだが……。

「隆俊くん……まだ見えないかい……？」

困ってしまって上目遣いに見あげると、隆俊の視線は手記ではなく俺の顔のほうにむけられていた。

熱っぽい視線。

「あの」

「ああ、失礼」

目があうと、すぐに手記のほうへ視線を逸らされた。手も無造作に離される。

「それで、いまのお話は」

「あ、うん」

なにごともなかったかのように話題が進む。やっぱりなにも意識してなそうだった。

過剰に運動する心臓を持て余しているうちに時間が経ち、隆俊は帰っていった。その後、俺はすこし書きものをし、ひとりで夕食をとり、風呂へ入って浴衣に着替える。行灯に灯りをつけ、寝る支度が整う頃合になると、濃紺の浴衣を着た隆俊がふたたびやってきた。

俺とエッチするために。

「……あのさ、隆俊くん」

布団の上にむきあってすわり、俺は言った。

「きみも毎日俺の相手をしなきゃいけなくて、疲れるだろう」

隆俊は毎日俺を抱いている。それも朝晩。

エッチは一日いちどだと思っていたから、初めは驚いた。当然俺はそんなに必要ないと主張したのだが、隆俊だけでなく佐衛門や評議衆、そしてなぜか世話係にまで却下された。

理由は佐衛門や秋芳を俺が誘惑したという濡《ぬ》れ衣《ぎぬ》が尾を引いているせいである。一日二度だけでなく昼もしたほうがいいのではなんて言いだす者もいて、しかしそこまで隆俊が時間をとれないということで保留となっている。

「疲れてなどおりません。こうして、お慕いしている兎神のお相手ができて心から光栄に思っております。し、本当はもっとお時間をとりたいところです」

絶倫隆俊は澄まして答える。

だが、本音はどうだか知れたものではない。

エッチ大好き人種のようだし、体力も尋常でないようだが、毎日朝晩色気のない男相手は辛いだろう。肉体的に問題なかったとしても、精神的に辛いんじゃないだろうか。いくら仕事とはいえ。

「じゃあ、欲求不満とかないかい」

「それは……ないとは、言いません」

おや、肯定したぞ。

やっぱり本当は隆俊だって、好みの女性を抱きたいんだろうなあ。

隆俊はことあるごとにお慕いしているなんて俺に言うのだが、それは恋愛や性欲とは意味が違う。隆俊を含めたここの人々にとって、俺は信仰の対象だ。神聖なものとして慕っているわけで、恋愛対象として見ているわけじゃない。いわば奈良の大仏なんかと同列なわけだ。誰が奈良の大仏を見て欲情すると言うのか。

隆俊は俺相手でも毎回勃起できるけど、それはきっと俺に欲情しているわけではない。脳内ではちゃんとしたおかずがあるんだろう。兎神を喜ばせるためにあらゆる指導を受けたと言っていたから、その訓練の賜物《たまもの》なんだろう。

だから勘違いするなよ俺。隆俊に言われたことを真に受けてその気になったらあとが悲惨だ。ノンケの無自覚な言動に期待して、ばかを見るのは自分だ。

優しいのも、エッチするのも、すべては俺が兎神だと思っているからだ。隆俊は仕事、仕事、仕事で抱いているだけ。

「俺は本当にこういうことは望んでないんだから、せめて毎日じゃなくて二日にいちどぐらいにしたらどうかな。女性を抱く暇もないだろう」

「女性を抱きたいのですか」

こわばった声で尋ねられるのに、俺は苦笑して首をふる。

「俺じゃなくて、きみのことだよ。まだ独身だろう？　世継ぎとか必要だろうし、俺ばっかり相手してるわけにもいかないだろう」

「世継ぎは必要ありません。王は世襲制ではありませんので」

「あ、そうか」

男は、自分の子供がわからないことが多いんだったか。

「兎神が降臨されてからは、王の子種はすべて兎神に捧げられます」

それを聞いて、俺の胸にちいさな疑問が芽生えた。

「あのさ……毎日の交わりっていつまで続けるんだい？」

「あなたが天に帰る日まで」

「もし俺がこの先何十年もこの地に留《とど》まっていたらどうするんだ」

「どうする、とは？」

「たとえば俺が八十になったらきみは七十六だ。いくらなんでも枯れてるだろう」

隆俊の眉間《みけん》に不愉快そうにしわが寄った。

「そう思われるのはいささか心外です。いま抑えているのはあなたのお気持ちを慮《おもんぱか》ってのこと。わかってらっしゃると思っておりましたが、それほど不能な男と思われていたとは
――」

「は？　抑えてって……、やろうと思えばまだやれるってこと？」

「あたりまえです」

恐れ戦《おのの》きつつも詳しく訊くと、ウサ耳族はいちどのエッチで十回は射精するものなんだぞうな。健康な成人男子ならば時間さえあれば二十回ぐらいはふつうにするもんだ、って、ばけもんか。八十過ぎの老人だって一日一回ぐらいはするそうで、枯れるなんてありえないんだとか。

怖い。怖すぎる。俺、やり殺されるのかな……。

「い、いいよ。そんなの俺は望んでない」

「…………」

「やっぱりこういう関係は変だよ。交わりは、好きな相手とするべきだ」

隆俊が沈黙し、ややあって硬い声で告げる。

「兎神。あなたが私との交わりを望んでいないことは重々承知しております。ですが初日に申しあげたように、私もこれが務めなのです。これぱかりはいくら兎神のお望みでも、叶《かな》えて差しあげることは難しいです」

ああ、そうだった。俺がエッチを必要ないと言ってしまったら、兎神の接待をするために王になった隆俊の立場がない。来たばかりのときにも、秩序を乱さないでくれとか私の職務をおびやかすなとか言われたんだった。

「ごめん。そうだね。きみにこんなこと言っても、困らせるだけだね」

話はこれでおしまいとばかりに俺はハハハと苦笑して頭をかいた。本当に嫌ならもっと強く言うこともできるのに、俺はそうしなかった。

隆俊を困らせたくなかった。困らせて、この男にきらわれることを恐れる感情が自分の中にあった。

そんなふうに考えるのはなぜか。その理由を深く考える前に、俺は思考に蓋《ふた》をした。考えてはいけないと。これより先の領域には踏み込むなと心が警報を鳴らしたためだ。

乾いた笑い声は暗がりに消え、ふたりのあいだにぎこちない沈黙が落ちる。

隆俊が場の空気を変えるように「では……」と切りだした。

「今夜も耳をさわりますか？」

布団の上に胡坐をかく隆俊が、静かに尋ねてくる。その見つめるまなざしがにわかに色気を帯びてくる。

部屋の温度がふいにあがった気がした。

「あ、うん。じゃあ……」

俺はおずおずと彼の上に乗り、そのたくましい太腿《ふともも》の上に膝立ちになって、長い耳にふれた。

短い毛並みを両手で丹念に撫でさせてもらう。感触はすこぶる気持ちいい。

さわりたいと言ったのは俺だし、撫でさせてもらえるのはありがたいのだが、俺も子供じゃない。どうしても毎晩ふれないといられないわけではない。それなのにこの二週間、毎晩撫でさせてもらっている。

もう、ある種の儀式と化していた。

それは、エッチをはじめる儀式だ。

無言で耳を撫でていると、俺の浴衣の襟を隆俊に左右に開かれる。ふたつの乳首が男の眼前に晒される。

今日はどちらから攻められるのだろうと待っていると、左の乳首に唇が近づいてきた。唇が開き、厚めの舌が覗く。ああ、吸われる、と思った瞬間、乳首を唇に含まれ、ちゅうっと音を立てて吸われた。それからられろれろと舌先で先端を嬲《なぶ》られる。

「ふ……、ん」

気持ちよかった。それも、ものすごく。

二週間前はむずがゆいだけだったのに、この短期間で信じられないほど俺の乳首は開発されてしまった。

なにしろ毎日朝晩エッチしているのだ。そして毎回執拗《しつよう》なほどにいじられ続けているから、いつでも赤く腫《は》れ、ものほしそうにピンと勃ちあがっているようになった。

ただでさえいじられすぎて常にジンジン痺れるのに、着物を着るとこすれて、身動きするたびにひとりで悶えてしまって困っている。

まったくエロい身体にされてしまったものだ。

「は、あ……」

左の乳首が乳輪までいやらしく濡れそぼると、次に右の乳首を舐められる。隆俊の唾液《だえき》でてらてらと光っている左の乳首は、今度は指先にもてあそばれた。

隆俊の指の動きは、やたらといやらしい。捏ねるように転がされ、押しつぶされ、摘まれる。きゅっと引っ張られて、たまらず高い声があがった。

「あ、う……っ」

「すごく感じるようになりましたね」

こんな関係は望んでないなどと言った舌の根も乾かぬうちに、これほど感じている。隆俊の淡々と事実を告げる声に、羞恥《しゅうち》を煽《あお》られた。

俺の下肢の中心はもう勃ちあがってしまっている。男の右手がそれを知らせるように、俺の形を浴衣の上からなぞった。しかし前への刺激はそれだけだ。前を刺激されると俺がすぐにばててしまうことを知ってから、隆俊はそこをあまりいじらなくなった。

もっぱら乳首と後ろばかりを攻められる。

両方の乳首をいいようにされて、男の後頭部を抱く俺の腕が震えはじめる頃に、指が離れていった。

指は俺の背後へまわり、浴衣の裾を捲りあげ、裾を帯に挟む。

あらわになった双丘を大きな両手で揉みしだかれ、入り口がひくつきはじめた。乳首をいじられたあとは後ろに挿れられる。そう教え込まれた身体は、次の刺激を期待して待ちかまえている。

香油をまとった指が入り口にふれた。

「ん……」

興奮して、息が荒くなった。

しかし指はなかなか中へ入ろうとせず、表面に香油をすり込んでいる。入り口のまわりだけでなく、袋のほうまで丹念に塗り込まれた。

「も……、いいから……っ」

今朝も受け入れたし、風呂で自分で準備してあるので、そこはすでに柔らかく、さほど丁寧に慣らさなくても隆俊を受け入れられるはずだった。

「ですが、しっかり慣らさないと。私のは大きいのでしょう？」

快感に支配された俺は身体の熱をあげながら素直に肯定した。

「ん……、すごく、大きい……」

「大きいのは、お嫌ですか」

「…………」

「嫌なわけありませんよね。兎神はこの大きいのが好きで、気持ちがいいのですよね」

俺がエッチを拒んだのが不服だったのか、意地悪な言い方をされた。

「あ……っ」

ひくつくそこに、指が一本入ってきた。感じる場所を的確にこすられ、甘い痺れに身体が震える。

催淫剤を使われたのは初日だけで、その後はふつうの香油しか使われていない。だが俺の身体は後ろで快感を得ることをしっかりと覚えていた。

一本の指が中の様子を確認するようになんどか抜き差しされると、次に、男の両手の人差し指と中指、計四本が左右からいっきに入り込んできた。

指はそれぞれ自在に動き、俺のそこをぐちゃぐちゃに蕩けさせる。

「あ、あ……っ、……や……、っ、ぁ……」

喘ぎ声がとまらない。膝が震えて崩れそうになると、もうちょっとがんばれと言うように乳首を軽く噛まれて、四本の指を締めつけてしまう。その刺激に身体がびくびくと跳ねる。

「中、すごくほしがってますね。兎神のここは、とても愛らしい」

そう。本当にほしい。わかっているなら挿れてほしい。

自分の身体がこれほど感じやすく、快楽に弱い身体だったとは知らなかった。ちょっといじられただけで、もう達きそうになる。

だが指だけで達くのは達ったことにカウントされないのだ。後ろに隆俊の太いものを受け入れて、その刺激で達くまで、俺が満足したと隆俊は認めてくれない。

一回のエッチでなんども達かされては身体が持たない。だから早く挿れてほしいのに。

「も……、だめ、だ……、隆俊く、ん……達っちゃう……っ」

泣きそうになりながら目の前にあるウサ耳を甘噛みし、せっぱ詰まった状況を知らせると、指が抜かれた。

下には隆俊の猛りがある。俺はそのまま腰をおろそうとしたのだが、身体を持ちあげられて、反対むきにすわらされた。書見をしていたときとおなじ姿勢だ。そしてそのままふたりして仰向《あおむ》けに倒れる。

「わっ……、あの」

俺は隆俊の上に重なっている格好だ。焦っておりようとしたが、それより早く抱きしめられて阻まれた。脚も相手の脚に絡められて拘束されている。俺の股のあいだには、隆俊の猛りが挟まっている。

「もうすこし、楽しんでください」

「な……、んっ」

隆俊が香油の瓶をとり、その中身を俺の胸に直接垂らした。それを塗り広げるように胸から腹を撫でまわされる。内腿にも塗りたくられ、ぬるぬるした感触にぞくぞくしてしまう。

その後はまた左右の指に両方の乳首をいじられた。同時に隆俊の腰が上下に動きだし、大きくて硬いものが、俺の秘肛から陰嚢《いんのう》のあいだをこすりあげる。

とろりとした快感に血流が速まる。呼吸が早く浅くなる。もっと直接的な刺激が欲しくて俺も腰をふると、互いの先走りと香油が混ざりあって、股のあいだから粘着質な音が響いた。

「は……はぁ……」

催淫剤を使われたわけでもないのに、身体が熱くてどうしようもなく、乱された浴衣が汗で濡れる。早く挿れてほしくて、そればかりを願った。

「そろそろ、挿れますか？」

「頼む……挿れて……っ」

男の誘いに即座に応じると、乳首から離れた手が俺の膝裏へまわされ、M字に開脚された。

「お、い……」

俺の脚を腕で固定したまま、彼の指はふたたび俺の乳首を捏ねくりはじめる。

「私はあいにく手が塞《ふさ》がっておりますので、ご自分で挿れられますか」

「は……こんな格好で……？」

とんでもなく恥ずかしい格好に抗議したいのは山々だが、嫌がっても時間が延びるだけだと悟った俺は下方へと手を伸ばした。

隆俊の猛りを握る。怒張したそれは大きいけれどもまっすぐで綺麗な形で、これがこれから俺の中をかきまわすのだと思うとひどく興奮した。

そういえば、これにふれるのははじめてだったかと思い、すこしさすってみた。すると耳元で聞こえる男の息遣いが乱れはじめる。

愛撫《あいぶ》をしながら、互いに湯気が出そうなほど熱くせわしない呼吸をくり返す。その音が興奮をさらに煽りたてる。

「……兎神。挿れてください……」

めずらしく、隆俊のほうから催促された。

お互いに限界まで昂《たか》ぶっている。俺は太いものの先端を入り口にあてがった。しかし角度が悪くて入らない。早く挿れたいのに、なんど試みても、ぬるぬる滑って弾《はじ》かれてしまう。

「代わりましょう。膝を抱えていただけますか」

促され、自分の膝を抱えた。

隆俊の大きな手が俺の腰をつかみ、軽々と浮かせる。ぬるついた切っ先が入り口に押し当てられると、俺のそこは柔軟に口を開き、呑み込みはじめた。熱い塊《かたまり》がすこしずつ体内に入ってくる感触に全身が歓喜に打ち震える。意識は陶然として揺らぎはじめてくる。

根元まで全部入ると、その体勢のまま大胆な抽挿がはじまった。

「あ……っ、あ……っ！」

ふたりして仰向けに寝たまま連結し、しかも俺は男の腹の上で自ら開脚してよがっている。なんて格好だろうと思うが、それさえも喜んでいる自分がいるのも知っている。

未経験だった頃から思うと、いまの快楽に溺れている自分が信じられない。

「天井に鏡でもつけましょうか。そうしたらあなたの姿がよく見られる」

「勘弁、してく、れ……」

男の腰使いが次第にスピードを増していく。

急角度から、中のいい場所を狙《ねら》って突きまくられる。

「あ……っ、ふ……、そこ、ばっか……突かないで、くれ……」

「なぜです。ここを私にこすられるのが、兎神は大好きでしょう?」

「ん、ん……、っ」

「気持ちよすぎますか?」

繋がった場所から溢れ出る淫猥《いんわい》な濁音と荒い息遣いが室内に派手にこだまする。

「これほど感じていらっしゃる。本当は、私との交わりは嫌ではないですよね」

抜き差しされるごとに身の内が痺れ、内股が震え、つま先に痙攣《けいれん》が走る。感じる場所を激しく攻めたてられ、麻薬のような快感が怒濤《どとう》のように押し寄せ、理性が呑み込まれていく。

「私のことを、きらっていませんよね……?」

こうなってしまうと、なにを話しかけられても答えられない。最後までひっきりなしに喘ぐことしかできなくなる。

「は……っ、あ……、あぁ、ん、……あ……っ!」

好きでもない相手とのエッチなんてごめんだと思ってたのに。

どうしてこの男とのエッチは嫌じゃないんだろう。

身体はこんなに喜んでしまうのだろう。

「……兎神……どうか……」

ふと脳裏をよぎった形の定まらない思いは、身体の奥に叩《たた》きつけられた熱い飛沫《しぶき》によって霧のように散っていった。

六

畑の作業もある程度整備を終えてしまうと、毎日することはさほどなく、やはりひまを持て余す。先日の隆俊との会話で電気の話が出たので、アーク灯でも見せてやろうと思って準備をしていると、隆俊がやってきた。

「兎神。それは」

俺のとなりに邪魔にならないように腰をおろし、ものめずらしそうに手元を見る。

俺の手には備長炭《びんちょうたん》と銅線がある。世話係づてに職人に依頼して作ってもらったのだ。それらを巻いているところだった。

「このあいだ言っていた電気をね、見せようと思って」

「兎神も雷を落とすことができるのですか」

雷も電気だと話したものだから、隆俊が驚いた顔をする。

「いや、雷はできないけどね。小規模なものなら」

俺の膝元にはいくつかの金属板やら夏みかんやらが転がっている。隆俊の目にはまじないいの道具に見えるかもしれない。

ここは電気を使っていない。ガス田や油田、炭田などエネルギー資源の有無は不明。だから夜の照明はろうそくや菜種油、魚の油を行灯に使っていて、炊事や風呂を沸かしたりするのは薪《まき》を使っている。

山の木だって限りがある。いまはいいが、人口増加中の島の未来を考えると、電気があったほうがいいよなあと思ってしまう。金属はあるし精製する技術もある。でも絶縁体がないようだから、普及は難しいのかなあ。

「ところでさ」

魚の油でふと思いだし、手を動かしながらとなりに話しかけた。

「今日のお昼ご飯に焼き魚が出たんだが、きみたち、魚も食べるんだな」

ここでいただいている食事はいつもご飯と野菜の煮物なのだが、今日は魚も食膳にあがった。

「はい。兎神は召しあがらないのでしょうか」

「いや、食べる。おいしくいただいたが、あれってサヨリかな。海に出られないのに、どうしたんだろう」

「漁師はおります。崖の上から釣り糸を垂らして魚を釣ります。ただし海辺の作業は危険ですので限られた者だけです。川魚ならば誰でも釣れますが」

「へえ」

「最初にあなたを見つけたのも釣りをしにいった評議衆でした」

とるに足らない会話が楽しく感じる。

異世界の文化を知るのは純粋に楽しいものだ。ここの生活に慣れてきたせいか、いろいろなことが気になりだして、その都度隆俊に尋ねている。

「あと昨日気づいたんだが、色を含んだ名字が多いようだけど、あれってもしかして、耳の毛色に関係してたりする？」

佐衛門は黒田で、グレーっぽい耳をしている。隆俊兄弟の赤井姓は暖色系だ。

「もとの由来はそうだったのかもしれません。ですがいまでは関係ないですね。まだらの者が多くなってきました」

「父親はわからないってことだから、名字は母方の姓を引き継ぐわけだよな」

「そうです」

「きみのお母さんもそんな色か？　そういえば、きみのお母さんや秋芳くん以外の兄弟には会ったことないけど、この屋敷じゃないところに住んでるのかな」

「母の耳の色は……どうでしょう。私よりも秋芳が近かったかもしれませんが、私が幼い頃に他界したので、よく覚えておりません」

俺は顔をあげた。隆俊は穏やかな表情で俺を見おろしている。

「それは……残念だね……ご病気で？」

「飢饉で餓死しました。ほかにも兄弟がおりましたが、生き延びられたのは私と秋芳だけです」

飢饉。

自分の顔がこわばるのを感じる。

「それ、いつ」

「私が七つのときでしたから、十八年ほど前になります」

俺は役所の資料を思いだした。

たしかにその頃に大規模な飢饉があったかもしれない。昨年も凶作だと聞いていて、不作のたびに死者が出ていることはデータとして知っていたが、あまり実感が湧かずにいた。

餓死か。

俺もおふくろがいないが、病死だ。脳卒中で、苦しむひまもなく死んだ。

自分の親が飢え死ぬ場面を想像してみた。それは軽く想像するだけでも胸が苦しくなるものだった。

豊かな日本で生まれ育った俺は、飢饉の惨状というものを知らない。写真やテレビモニターを通して見聞きすることはあっても、それは遠い世界のことだった。

いま俺は飢饉対策のために畑を作っている。ひま潰し感覚で。

島人たちよりもちょっとばかり知識があるもんだから、いい気になって。

隆俊だけでなく、秋芳も佐衛門も世話係たちも、みんな飢饉の体験者なのだといまさらな事実に気づき、己のいい加減な気持ちを恥じ入りたくなった。

「そんなお顔をなさらないでください」

すっかり作業の手をとめ、物思いに沈んでいると、隆俊が穏やかに微笑んだ。

「ああ……ごめん。辛かったろうなと思って。七つで母親や兄弟を亡くすのは……父親もわからないんだもんな……」

「兎神はお優しい」

隆俊がそっとそばにより、俺の腰に腕をまわす。

「以前もお話ししましたが、我々は親子関係にさほど執着しておりません。それよりも共同生活している地域全体の結束を重視します。ですから、そんなにお気になさらず」

「ああ……」

どちらかと言えば俺が慰める立場なのに、逆に慰められてどうする。

密着した隆俊の腕に妙にどきどきし、それで我に返った。

俺は手にしていた備長炭を畳に置き、道具類を脇へ押しやった。

「これは、またの機会にしよう」

電気を見せてやろうと思いついたのは、深い考えからじゃない。電気を知らないというから、見せたら喜ぶかなというそれだけだ。

しかしこれを見せたからといって、どうなるんだろう。アーク灯を作る程度の知識はあっても、俺には発電所を作るほどの知識はないし、普及させるために必要なガラスも採れるのか知らない。ビニールも作れない。

電気をこの地で活用するための算段もなければ、深く足を踏み入れる覚悟もできてないのに、安易に異世界の文明を見せるのは、どうなんだ。

電気が普及すると、日々の暮らしも楽になるだろう。しかし便利さイコール人の幸せじゃない。大きなエネルギーや資源の利権を持つと、かならず紛争が起こる。

この国のことを思うなら、俺はもっと慎重に行動しなきゃいけない。もっと考えなきゃいけない。

ここは俺の国じゃないという思いがこれまではあったが、今後一生ここに暮らすことになるかもしれないのだ。

短期滞在の観光客じゃない。いつまでもお客さま気分ではいられない。

隆俊の過去の話から、ここでの生活に現実味を覚え、背筋を伸ばした。

覚悟はまだできていないが、もっと、いろんなことを隆俊と話しあいたいと思った。ちゃんとわかっていないことが多すぎる。

「兎神、どうしてです。私の話がお気にさわりましたか」

俺が急に電気を見せるのをやめると言いだしたことに、隆俊が気をまわす。

「そうじゃない。それよりも、きみの話を聞きたいと思ったんだ」

俺は穏やかに微笑んで、隆俊を見あげた。

「聞かせてほしい。国の話もそうだけど——きみ自身の話も」

そう。国の文化の話だけじゃなく、もっと隆俊のことが知りたいと思った。

いや。厳密に言えば、たぶん俺は国の文化の話よりもずっと、隆俊のことを知りたいと思っている。

俺は、隆俊のことをほんの一面しか知らない。どんな生い立ちで、どんなことを考えて生きてきたのか。

好きなこと、きらいなこと。

得意なこと、苦手なこと。

思えば、個人的なことはろくに知らない。

もっと、この男のことが知りたい。

この国のことが知りたいと思うのは、ここで生まれ育った隆俊を理解したいがためかもしれない。

「私のことですか」

「そう。まずは、そうだなあ……生まれた集落はどこ？」

「日暮里《にっぽり》です」

「うは。ほんと」

「なぜ笑うのです」

「いや、ごめん。地名が、俺の住まいの近所とおなじだったから」

笑う俺の顔を、隆俊がじっと見つめる。

「ん、なに？」

「……兎神のことも、よろしければお聞かせいただけますか」

「ああ、いいよ。なにが知りたい」

俺のことを聞きたいと言われて、ちょっと嬉しくなる。俺も、自分のことを隆俊に知ってほしかったのだと気づいた。

兎神じゃなく、稲葉泰英という人間を知ってほしい。

「なんでも」

「なんでもって言われてもな」

首をひねると、ぽつりと声が降ってきた。

「……私は幼い頃から、兎神とはどんなお方か、ずっと考えておりました」

静かな声。見あげると、ひたむきなまなざしに見つめ返された。

「ずっと……想っておりました」

「…………」

「あなたのことを教えていただけるのなら、なんでもいいのです。空想ではなく、本当のあなたが知りたい……」

　ふいに胸がどきどきし、呼吸がおかしくなる。

　こんなのは、おかしい。

　隆俊が慕っているのは想像上の兎神で、俺じゃないのに。

　勘違いするな。

　ふたりのあいだの空気が熱を帯びた気がして、元に戻そうと俺は明るい調子で答えた。

「どんな想像をしてたか知らないけど、俺は想像してた兎神と違ったんじゃないか」

「ええ。まったく異なりました……想像していたよりも、ずっと……」

「ちいさいし、耳もなかった」

　おどけるように先に言うと、隆俊がふっと口元で微笑む。

「たしかにそれも、想像とは異なりました。そしてお優しく、聡明で」

　優しくも聡明でもないけどなあと思って微妙な顔つきをする俺に、隆俊は瞳を和《なご》ませて穏やかに笑う。

「それから……こう申しては失礼になるでしょうか」

「なに」

「思っていたよりも、私たちに近いというか……人間的な部分があるのが、意外でした」

　そりゃ俺は人間だからなあ。

「幻滅した？」

「いいえ」

隆俊がきっぱりと否定する。

「以前よりもずっと、親しみを覚えるようになりました」

「それはよかった、かな」

「お会いする前は、我々を守ってくださる存在としか考えていなかったのですが、いまは、私のほうがお守りする存在なのだと——この命に代えてもお守りしたいと思っております」

「そ、そう……」

命に代えても、なんて言われてどきりとする。

だが隆俊に他意はない。王としてまじめに言っているだけだ。神が相手だからちょっと大げさに言っているだけだ。それなのに俺の心臓は鼓動を速めようとする。

冷静になれよ俺。

いい加減スルースキルを上達させろよ。

「はは。きみたちから見たらひ弱そうだしね。さて。なんでもいいなら、俺の仕事の話でもしようか」

「餅つきの」

「違う。カメラっていうものを使う仕事をしていたんだ。それは——」

どうにか冷静さを保つことに成功し、話を続けた。

いつもの隆俊の訪問は一時間ほどだが、その日は陽が落ちても語りあい、お互いの理解を深めるひと時を過ごした。

七

俺の世話係は数人いて、日替わり当番制になっているらしい。

俺の部屋へはいつも決まった時間にやってきて、食事や寝床の準備などをしてくれる。とくに仕事がないときは渡り廊下の先にある小部屋に詰めており、俺がふらりと部屋から出ると、すかさず気配を察して忍者のようにすっと廊下へ現れ、用を尋ねてくれる。

そして、ちょっと書庫へ行ってくるとか、外を散歩してくるとか言うと、必ず「少々お待ちを」と部屋で待たされ、そのうち隆俊《たかとし》がやってくる。

つまり俺は隆俊同伴じゃないと、部屋と中庭から出られないのである。

「子供じゃないんだから、ひとりでだいじょうぶだって」

と言っても、隆俊は俺がひとりで行動することを許可しない。

「不逞《ふてい》のやからが襲い掛かってきたりしたら、そんな可憐《かれん》で華奢《きゃしゃ》なお身体《からだ》でどう対処するおつもりです」

などと言う。

来年には三十路《みそじ》になる男に可憐って。微妙に言葉の使い方を間違ってないかと思わなくもないが、いちいちつっこんでいたら話が進まないので、最近はこれぐらいのことは聞き流すことにしている。

「時代劇じゃあるまいし、不逞のやからに遭遇することなんて、そうあるとは思えないんだが」

「我が一族は温厚な性格ですが、あなたを目にしたら豹変《ひょうへん》するでしょう。ひとりにはさせられません。秋芳《あきよし》に襲われたことをもうお忘れですか」

「でもきみも忙しいだろう。手の空《あ》いてる人に護衛を頼むのはどうだろう」

「だめです。その護衛があなたを襲うはずです」

といった具合である。

大げさすぎる。

王に護衛してもらえるのはありがたいのだが、みんな恐れ戦《おのの》いて近寄ってきてくれない。部屋を訪問してくれるのは隆俊だけだし、友だちができないのが若干寂しい。

その日の午前中もひとりで畑いじりをしていると、樹木の垣根のほうからがさがさと音がした。はて、とそちらを見てみれば、垣根をかき分けて、秋芳が中庭へ侵入してきた。

「よお。兎神《うさぎがみ》――っと。いてて」

垣根の枝に袖《そで》を引っかけて、すこし破いてしまっている。泥だらけ葉っぱだらけの着物を手で払いながら、山賊のような、でも愛嬌《あいきょう》のある笑顔を俺に見せた。

「秋芳くん。なんでこんなところから」

「なんでって、そりゃあ警護が厳しくて、正攻法じゃ近づけないからですよ」

「警護？　どこに」

「あんたのこの庭と離れ部屋の周囲に」

「そんなのあったんだ」

知らなかった。へえ、と驚いたら、秋芳にぷはっと笑われた。

「あんた、のん気な人だな。ああ、人じゃなくて神だからか」

陽気に笑いながら秋芳が近づいてくる。

初対面でいきなり襲われたことを思いだして俺が警戒をみせたら、彼は顔の前でぶんぶんと手をふった。

「ああ、警戒しないでください。あんたには指一本ふれない。陛下が言ってたでしょう、島から追放するって。ありゃ、脅しじゃなくて本気だ。さすがに俺はまだワニに食われたくないんで、おとなしくします」

「そういえば、許可をとれとか言ってたような」

「素直に申請したんですよ。だけど許可なんざおりねえ。しかたないから強硬手段に出たってわけです」

「なにか、俺に？」

「や、べつにとくにこれってことはないが、話でもできたらいいなと思って。陛下だけが独り占めなんてずるいじゃないか」

その言い方が憎めなくて、俺はすこしだけ警戒を緩めることにした。

「寝室に連れられるのは勘弁だけど、話すのは歓迎だよ。ちょうど話し相手がほしかったんだ」

手を洗って縁側に腰掛け、秋芳にとなりにすわるように勧めた。

「俺は運がいい」

秋芳はぴゅうと口笛を鳴らすと、嬉《うれ》しそうにいそいそとやってきた。

「警護にも見つからずにうまく入り込めたし。ここに忍び込もうとしたやつが、何人か逮捕されてるの、知ってます？」

「まさか」

「やっぱり知らなかったか」

となりにどっかりと腰をおろした男が、俺の反応ににやにやしながら太い腕を組む。

「初日は警備体制が整ってなかったみたいで、俺もふらっと入れたけど、いまはとんでもねえ。陛下も徹底してるわ。もし俺がここにいるのが見つかったら、ただじゃすまないだろうな」

「うーん。きみには前科があるからね。でもこの時間は比較的、隆俊くんも世話係もこないかな」

「それはいいことを聞いた」

「あ。それ以上近づいたら、大声だして人呼ぶぞ。見つかってもかばってやらないぞ」

秋芳がウサ耳を揺らして笑った。

秋芳の耳は隆俊のよりも色濃く、短めだ。当たり前だが兄弟でも違うもんだなあと、ついじっと見入っていたら、その視線に気づかれた。

「耳が、なにか変ですか?」

「変じゃない。ごめん。俺はそういう耳がないから、つい目がいっちゃっただけ」

「ああ」

「じろじろ見て失礼だったね。耳は特別なんだろう? ふれるのは愛情表現の一種だとか、さわっていいのは恋人同士だけだとか言われた」

「ああ、まあ、そうだが……、言われたってことは、まさか陛下の耳をさわろうとしたとか?」

図星を指されてギクリとした。

「あー、うん。でも、さわってないけどね」

本当は毎晩さわっているが、誰にも秘密だと言われているので、そう答えた。すると秋芳がもっともだと言うように頷《うなず》く。

「だよなあ。そうそう人にさわらせるもんじゃないし、さわるもんでもない。ましてやあの陛下だし」

どうも俺が想像していた以上に、とても大切な行為のようだ。

それなのに俺はさわらせてもらっている。

「あの陛下って、どういう意味だい」

「そのまんまですよ。クソまじめで国づくりのことしか考えてない……おっと、これは悪口じゃないですよ。これでも俺は陛下のことを尊敬してるんで」

「うん。そうだね。……まじめで、いい王だ」

そういえば、隆俊に俺の耳をさわられたことはないんだよな。

ウサ耳ほど特別じゃないが、ふつうの耳をさわるのも愛情表現なのだと聞いている。でも、隆俊はさわろうとしない。さわりたいと申し出られたこともない。

彼のウサ耳にさわるの、遠慮したほうがいいんだろうか。

隆俊の面影《おもかげ》が脳裏に浮かび、ちょっと散漫な気持ちになって畑へ目をやった。そんな俺の横顔を、秋芳が興味深そうに観察する。
二、三日髭《ひげ》を剃《そ》ってなかったから、すこし伸びているかもしれない。
「耳もそうだが……兎神の容姿は神秘的だな。髪は長いし、髭もある」

「へ？」

俺の髪は、サイドは耳が半分隠れる程度で、襟足は首まで。長いと言われるほどではない。

意味がわからず、俺は秋芳のほうへ顔を戻した。

「髪、長いってほどでもないだろう。髭だって――」

秋芳の顔を見ながらそこまで言いかけて、俺は気づいた。

ウサ耳族で、髪の長い人を見たことがない。女性でも短髪だった。それに髭を蓄えている者もいない。

「もしかして、髪が長く伸びないとか？」

「ああ。五センチから十センチぐらい伸びると自然と抜ける」

「髭も？」

「髭は生えないんだ、これが」

「へえ」

隆俊の顔を間近で見たときに髭の剃りあとがないことには気づいていたが、髭が薄いたちなんだろうと思っていた。

詳しく聞くと、男女とも毛が生えるのは頭と眉《まゆ》と睫《まつげ》、鼻、陰部の五ヶ所だけらしい。

秋芳が袖を捲《まく》って太い腕を見せてくれたが、つるつるだ。

毛深そうな雰囲気の男なのに。

「陛下の身体を毎日見てるのに気づかないんですか」

「気づかなかったよ」

エッチ中はそんなことに気づける心の余裕はなかった。だが言われてみれば、そうだったかもとも思う。

「でも、髭のことは知ってるんだ？」

「聖人花子《はなこ》の手記に頻繁に出てくるから有名なんですよ。髭は素敵だとか、それだけで惚《ほ》れるとか」

「なるほど」

聖人花子は日本にいたとき、髭を蓄えた男性が好みだったらしい。

「おなじ天から来た方でも、聖人と神とじゃ違うんだなあと、あんたを見るとしみじみ思いますよ。やっぱり神は別格だなあ」

そんな話のあとに、趣味の釣りやら仕事の話などをして時間を過ごした。

「また来てもいいですかね」

「かまわないけど、くる途中で逮捕されても俺は助けられないから、できれば面会許可をとってほしいかな。それから仕事はさぼらないように」

来られたら明日もくると言って、秋芳は帰っていった。

初対面のときは驚いたものだが、話してみたら陽気で気さくな好青年だった。俺もいい気分転換になってよかった。

翌日、俺は秋芳がくる前に髭を剃ることにした。

俺は肌が弱くてカミソリ負けするので、普段は電気シェーバーを使っていた。しかしここには電気シェーバーなんてものはない。なので、髭剃りは二日にいちどくらいにしていた。髭はかなり薄いほうだし、勤めているわけでもないのだから、二日ぐらい剃らなくてもよかろうと思っていたのだが、昨日の秋芳の話を聞き、ちょっと人目が気になりだした。

島人たちが俺の顔をめずらしそうに見るのは、不精髭のせいでもあったんじゃないだろうか。

世話係に依頼し、髭剃りの道具を持ってきてもらった。風呂場には鏡がないので、寝室にある鏡台の前にすわる。鏡は金属製の三面鏡で、観音扉を開くと大きな姿見になる。

蒸した手拭《てぬぐ》いで顔を温めてから、泡立てた石鹸《せっけん》をつけて、小刀のようなカミソリを頬《ほお》に当てた。

「……やりにくい」

T字カミソリってないですか、なんて訊《き》こうものなら大掛かりなことになりそうな予感がしたから、世話係の差しだすものを黙って使っていた。こんな道具で髭剃りできるだなんて、みんな器用なんだな、などと思っていたのだが、髭が生えないのなら道具が発達していなくて当然だった。

慎重に手を動かして鏡を睨《にら》んでいると、廊下のほうから世話係の遠慮がちな声がした。

「兎神。秋芳殿がお越しですが、いかがいたしましょう」

「ああ、来たんだ」

今日は正攻法ということは、面会許可をとれたのか。

昨夜隆俊に、島の状況を詳しく知りたいから役人と話す機会を持ちたいと、それとなく言ってみたのだ。もっといろいろな人と話す機会があるといい、と。その効果があったのかもしれない。

「えーと、居間に入ってもらって」

髭剃り中でちょっと無作法だが、彼ならまあいいかと思って入ってもらうことにした。

「失礼します、兎神」

「ごめん。髭剃ってたんだ。ちょっと待ってて」

居間に秋芳が入ってきたのを耳にして、俺は寝室のふすまを開けた。すると俺を見た秋芳のこわもてが硬直した。

目を見開き、口を開け、手足を突っ張らせて棒立ちになる。

まるでエイリアンにでも遭遇したかのような態度だ。

なんだその反応。

髭は剃りかけでカミソリを手にしたままだ。秋芳は礼儀にこだわるタイプじゃなさそうだから問題ないと思ったんだが、自分が思っているよりも無作法なことだったんだろうか。

いや、でも無礼な態度に驚いているという感じじゃないな。なんだろう。

昨日の今日だから、人相が変わるほど髭が伸びたわけもないし、髪形もおなじ。着物も昨日と大差ない。驚くようなことはなにもないはずなのだが。

「なんだい。なにか、変か？」

目をまたたかせて小首をかしげると、秋芳の小鼻からいきなり鼻血が噴きだした。どわっ。

「お、おい！」

「失礼」

俯《うつむ》いて鼻を押さえ、そしてなぜか股間《こかん》も押さえている彼へ、とにかく手拭いでも渡そうと近寄ったところ、異変を察した世話係が部屋に駆け込んできた。

「兎神！　どういたしま――」

世話係の青年が俺を見る。とたん、ぶほっと鼻血を噴きだした。

騒ぎを察知したほかの世話係たちも次々と部屋になだれ込んでくる。

「いかがいた――ぶほっ」

「なにごと――ほげっ」

みんな俺を見るなり次々と鼻血をだして、ばったばったと倒れるように前かがみにうずくまっていった。庭のほうから駆けつけた警備も、うっと呻《うめ》いて膝《ひざ》をつく。

誰も彼も、みんな一様に鼻血を噴きだし、前かがみの姿勢になってしまう。

俺以外はみんなうずくまり鼻血をたらしている異様な光景。

「あ、あの……きみたち」

声をかけても誰も俺と目をあわそうとしない。

いったいなんなんだ、この現象は。

みんなが鼻血噴いているのは俺が原因だってことぐらい、さすがの俺も雰囲気でわかる。

だが、なんだ？　今度はなにが問題なんだ？

「あの、いったい……」

「どうしたんだ」

説明を求めようとしたとき、追い討ちをかけるように隆俊の声が廊下から届いた。

「げ」

なんて間の悪いことだ。なぜこんなことになっているのかさっぱりわからないが、この現場を隆俊に見せるのは俺の生命に関《かか》わるかもしれないと本能が警鐘を鳴らす。また誘惑したのなんのと言いがかりをつけられたらたまったもんじゃない。

しかしごまかすひまなどあるはずもなく、隆俊が開いたままの入り口から姿を現した。

隆俊もほかの者と同様に俺を見たとたんに足をとめ、息を呑《の》んだ。

「兎――」

そのまま言葉が続かない。鼻血こそださないが、秋芳とおなじように目を見開き、固まってしまう。

「な、なに……」

隆俊は髭の生えた顔も剃った直後の顔も両方見たことがあるし、それに対してとくに反応はなかったから、素顔に驚いているわけでもないはずだ。世話係たちもそう。

じゃあ、ここにいる全員、なににそんなに反応しているのか。

「秋芳」

隆俊の首がサイボーグのように機械的に動いた。映画ターミネーターの効果音が聞こえてきそうな雰囲気である。

「どういうことだ」

王の視線が、気まずそうに目を泳がせている秋芳をとらえた。先日の誘惑疑惑のときのように、室温がマイナス三十度にまで下がりそうなまなざしだ。

「それが――」

秋芳が鼻を押さえながら、部屋へ来てからの数分間のできごとを簡潔に話した。

客観的に聞いても流血騒ぎになる要因はどこにも見あたらないのだが、どうにも不可解なことに、聞き終えた隆俊の表情が険を増している。背後から怒りのオーラが立ちのぼっているように感じるのはきっと俺だけじゃないはずだ。

「兎神、いまの説明であってますか」

怒りを抑えた声が確認してくる。

「あ、ああ」

悪いことをしたわけじゃないのに、怯《ひる》んでしまう。

年下のくせに、こういうときの隆俊はやたらと迫力があって怖い。

「無理やり、などということはありませんでしたね」

無理やりって、なにが。なにを。

秋芳が、髭剃り中の俺と出くわして鼻血をだした。この話のどこに無理やりなにかされる現象が起こりうるというのか。

頼むから誰か教えてほしい。隆俊にはなんだか怖くて訊けない。

「ない……と思うけど……」

「思う?」

ピンとこなくてぼかした言い方をしたら、眼光鋭く睨まれた。ま、まずい。

「いや、ない! ないよ!」

隆俊は真偽を確かめるように俺の表情を観察すると、秋芳に冷淡に告げた。

「秋芳。おまえには謹慎を命ずる。自室へ戻って沙汰《さた》を待て」

「謹慎だって?」

声にだしたのは俺だ。

処罰を受けなければならないほどの事件があのなかに潜んでいるだなんて、理解の範疇《はんちゅう》を超えている。

わからない。その辺のミステリ小説よりもよっぽど難解すぎるぞ。

「おいおい、隆俊くん。秋芳くんがなにをしたって――」

「兎神は黙っていてください」

「いや、だけどね」

黙っていろと言われても、俺が関わっているのは明らかだ。食い下がろうとしたのだが、秋芳に目線でとめられた。

「わかりました。しかし陛下、あくまでも事故なんで、島追放は勘弁してくださいよ」

「わかっている。戻れ。ほかの者もだ」

秋芳と世話係たちが退室すると、隆俊が俺の腕をつかんで寝室へ引っぱっていった。怒りが収まっていないのは一目瞭然《いちもくりょうぜん》だ。

「た、隆俊くん。いったい……」

「いくらなんでも刺激が強すぎます」

いつも所作の丁寧なこの男らしくなく、乱暴にふすまを閉める。

「な、なにが」

「剃毛《ていもう》する姿をお見せになったことですよ」

「……は?」

「秋芳の自制心を試すおつもりでしたか。誘惑するのはおやめくださいと言ったでしょう。あれはああ見えて、なかなか仕事のできる男なのです。追放するには惜しい男です」

俺は鏡に目をむけ、右の頬だけ中途半端に髭を剃った己《おのれ》の顔を眺めた。

「……髭剃りが誘惑？」

次いで、いまだに手にしていたカミソリに目を落とす。

「これで勃《た》つんだ……？」

秋芳や世話係たちは、剃毛という行為に興奮して鼻血を噴いたというのか……？

「髭じゃなくて、髭剃りがいいんだ……？」

「はい」

ああ、肯定されてしまった。

半信半疑で隆俊の股間に視線をむけると——勃っていた。着物だからわかりにくいが、確実に勃起《ぼっき》している。

信じられない。

なぜだ。髭剃りのどこにエロスを感じることができるんだ。

「もしかして……花子さん、か……？」

ウサ耳族たちは髭が生えないのにどうして、という疑問は、昨日の秋芳との髭話を思いださせた。

聖人花子が恋い焦がれる髭というのはどういうものかと、島人たちのあいだで空想が膨らみ、ときが経《た》つにつれて、髭への憧《あこが》れだったものがいつのまにか髭剃りへの憧れへとすりかわっちゃった、とか……？

真相はわからないが、この調子だと、髪を切るときも人目に気をつけたほうがいいのかもしれない。

ふしぎな民族、ウサ耳族。異文化交流って難しいなあ……。

「しかしね、隆俊くん。俺の髭剃りを見たってだけで、なんで謹慎処分になるんだ？」

感心している場合じゃなかった。秋芳は俺のせいで処罰を言い渡されたのだ。

「兎神への面会許可をだすにあたり、申請者にはいくつかの誓約をさせております。兎神の誘惑に屈しないこと、欲情してもそのそぶりを見せないこと、などですね。誓いを破ったのですから、罰を受けるのは当然のことです。世話係たちも配置換えいたしますので」

だから誘惑ってなんだとつっこみたいが、その話はとりあえず置いといて、だ。

「だけどさっきのは不可抗力だろう。鼻血だしたぐらいで謹慎って、厳しすぎやしないか」

「……やけに庇《かば》うのですね」

見おろす瞳が剣呑《けんのん》な光を宿す。

「その身体、誰にもさわらせておりませんよね？」

「……。あたりまえじゃないか」

以前、転びそうになった俺をそばにいた世話係が支えてくれたことがあったのを思いだし、答えるのがすこし遅れた。

「確認させてください」

間があいてしまったのを不審に思われたらしい。隆俊の手がカミソリを奪い、俺の着物の前身ごろをはだけさせた。

「あ、こら」

必死に抵抗しようものならやましいことがあると疑われるだろう。しかたないなあと腕をだらりとさげて、胸元を見せてやった。

さわられてなくても、乳首は赤く充血して勃ちあがったままだ。毎日見られているんだが、布団も片付けた部屋で立ったまま舐《な》めるようにじっくりと観察されるのは、いつもと違って恥ずかしくなり、頬が染まる。

「下も見せてください。その身が潔白でしたらかまいませんよね」

潔白は潔白だから見せてもかまわないが、なんだか引っかかる言い方だった。

結婚しているわけでもつきあっているわけでもないのに、まるで浮気男になった気分にさせられる。俺の身体は俺のものなのに、これじゃまるで隆俊のものみたいじゃないか。

そんなふうに思ったら、ふとした疑問が浮かんだ。

王以外の男、たとえばだが、もし秋芳のことが好きになって、恋人同士になった場合はどうなるんだろう。好きな人とはエッチしたいと思うのが自然だろう。そうなったら王とのエッチは終了となるのだろうか。それともまさか、恋人より王を優先しろとでも言われるんだろうか。

隆俊は王で仕事だから俺を抱く。国の秩序を乱さないために、相手は王だけにしろと俺に約束させた。

隆俊ひとりだって手一杯なのに、ほかの男とエッチしたいなんて露ほどにも思ってない。だが、兎神に恋愛の自由はないんだろうか。

このタイミングで訊くのはどうかと思ったが、気づいたら呼びかけていた。

「……あのさ、隆俊くん」

「はい」

「その……」

こんなことを言ったらどう思われるだろう。誤解されそうな気がして口ごもる。しかしけっきょく黙っていられず訊いてしまう。

「思ったんだけど……、俺が誰かを好きになった場合でも、きみ以外と交わっちゃいけないのか？」

「え」

「施政者としての王はきみが適任だから替えたくない。だけど、ほかの人と交わりたいって俺が望んだ場合、どうなんだろうって思ったんだけど」

隆俊の表情が、それまで以上に険しいものになった。

「……秋芳に惚れましたか。やはり誘惑するつもりで髭剃りを……」

「まさか。もしもの話だよ」

秋芳は愛嬌のある男だとは思ったが、全然好みじゃない。誤解されてはたまらないと急いで首をふった。

隆俊は食い入るような視線で俺を見返すと、疑問には答えず、ふたたび要求してきた。

「……兎神。着物の裾《すそ》を捲って、下を見せてください」

「え、じ、自分で？」

「そうです」

隆俊から漂う不穏な気配が増している。

よけいなことを言って、さらに怒らせてしまったようだ。あらがえない空気に呑まれ、俺はためらいながらも言われたとおりに着物の裾を捲りあげた。

自分から見せるのは、どうにも恥ずかしい。太腿《ふともも》のなかばでいちど手をとめたのだが、隆俊の厳しい視線に逆らえず、腰まで捲ってみせた。

「下着を脱いでいただかないと、確認できません」

「………」

なにをやらせるんだよと内心では思うが、強く出られると流されてしまう。俺は顔を真っ赤にさせながら、のろのろと下着の紐《ひも》をほどいて床に落とした。それからまた両手で裾をあげ、臍下《へそした》まで晒《さら》してやった。

視線が痛い。俯いて、自分の右ひじの辺りへ視線を落として耐える。なんだか変な気分になって、こっちまで興奮しそうだ。

「……もういいだろう？」

「だめです。今度は後ろです。壁に手をついて、足を広げて、よく見えるようにしてください」

「………」

羞恥《しゅうち》に全身を紅潮させながらも俺はけっきょく従い、背後の壁に手をつき、足を開いた。

「もっと、足を開いて。上体をさげてくださらないと」

室内は照明がなくても障子越しの陽光が明るく差し込んでいる。俺は頭が沸騰するような気持ちで、指示通りの姿勢になった。数歩離れた場所に立っている隆俊に、秘所が丸見えの格好だ。

髭剃りをしただけなのに、どうしてこんな羞恥プレイを強要されなきゃいけないんだと理不尽を感じつつも耐えていると、足音が近づいてきて、腰をつかまれた。そして入り口にぬるりとした感触。

舌で、舐められている。

「う、あ……っ、やめ……っ」

そこは数時間前に隆俊のものを受け入れ、その後風呂で奥まできれいに洗ったが、それでも口をつけられるのには抵抗がある。ふり払おうとして腰をふっても、強く腰をつかまれていて離れない。

「そんな、とこ……やめてくれって……」

「嫌です。あなたのここは、私のものです」

「なに言って、……っ」

「……あなたにふれていいのは、私だけです。この権利は誰にも渡しません。たとえあなたがほかの男を好きになっても……」

隆俊はいったん顔を離して俺の拒否をはねつけると、ふたたび唇を密着させて熱い舌を中に差し込んできた。

「ん、ぅ、やだって……」

奥のほうまで襞《ひだ》を丁寧に舐めまわされ、抜き差しされる。指とも猛《たけ》りとも違う柔らかく湿った感触に腰がふるえた。

「ふ……、ぅ……」

唾液《だえき》でそこを濡《ぬ》らされていくに従って身体が熱くなり、急速に息があがる。互いの身体が発する熱で室内が湿度を帯びてくる頃には、支えなしでは立っていられなくなっていた。

舌が離れていき、手も離されると、情けなくも膝から崩れ落ちる。しかし膝をつく前に抱きかかえられ、鏡台の前に連れていかれた。

「あなたの心が私のことを好いていなくとも、この身体は私の身体が好きでしょう」

「な……」

「違うとは言わせません。あなたもご覧になればわかるはずです」

隆俊はそこへ胡坐《あぐら》をかくと着物をくつろげ、俺を膝の上にすわらせた。ふたりして鏡を見る体勢で脚を開かされる。

鏡に映った姿を見ると、体格差を改めて感じる。隆俊が大きすぎて、俺が女性か子供のように見える。

「また、するのかい……」

腰に押しつけられている硬い感触からして、する気なのは訊かずともわかる。俺の身体も強引に熱をあげられてその気になってしまったが、今朝も散々酷使したばかりなので、すこし休ませたい思いもある。

「あなただって勃たせているのに。そんな状態でやめていいんですか」

脚を大きく広げさせられているから、鏡には局部がしっかり映っている。ごまかしようがない。

「………」

やめろときっぱり言えない自分が悔しい。ちょっといじられただけで簡単に感じるようになった淫乱《いんらん》な身体も恨めしい。

「挿《い》れますよ」

膝裏に手を入れられ、身体を高々と持ちあげられると、濡れそぼってぐずぐずに蕩《とろ》けきったいやらしい入り口が鏡に映しだされた。よだれを垂らすように汁が滴《したた》っているさまもはっきり見える。そして背後に隠れていた、隆俊の猛りも現れた。

入り口の真下で待ちかまえるそれはたくましく、よくもこんなものが入るものだといっそ感心する。

これに突きあげられて、毎朝毎晩よがっている己の痴態がまぶたに浮かび、そしていまにも受け入れようとしている自分の姿を視認して全身が朱に染まった。

「私は毎回目にしておりますが、あなたは私たちが繋《つな》がるところを見たことがなかったでしょう。その目でしっかり確認してください」

宣告とともに身体を落とされた。

「あ……」

日焼けしていない俺の白い脚のあいだに、褐色のそれがゆっくりと挿し込まれていく。いや、挿し込まれるというよりは、俺のほうが積極的に呑み込んでいるように見えた。

入り口はひくひくしながら広がり、隆俊を呑み込んでいく。すこしずつその姿が埋没し、見えなくなっていく。

あんな大きなものが。身体の中に。

「あ……あ……入って……」

根元まで埋め込まれたところで、またゆっくりと身体を持ちあげられる。自分の中に収まっていたものが濡れた姿を現す。そしてまた埋め込まれ、引きだされる。そのさまはひどく淫《みだ》らで、目を逸《そ》らしたいのに逸らすことができない。

「いま、あなたの中に出入りしているのは、誰のものです？」

耳元でささやかれる。

「私のものですよね」

「あ……っ」

ぐいと身体を持ちあげられ、いったんすべてを引き抜かれた。と思ったら、膝裏を支える腕がすこしだけさがり、先端だけを呑み込まされた。

「ここに入っていいのは、私だけです。そう約束しましたよね」

潜り込んできた先端は、ちゅぷんと音をたてて引き抜かれる。そしてまた中途半端に挿れられる。

たまらない。

「ん……な、ぁ……」

「私が、ほしいですか？」

いいところに届きそうで届かない浅い抜き差しにじれったさが募り、身体の中で生まれた熱が出口を探して渦を巻く。

たまらず身悶《みもだ》えし、熱を逃すように吐息をいくども吐きだした。

「ほしいとおっしゃってください……」

腰に響く低い声がいやらしく誘う。

「私がほしいですよね……」

鏡越しに見る男の瞳はいつもの情事のときより熱っぽく、焦燥が滲《にじ》んでいるようにみえた。

「それとも秋芳のほうがいいですか？」

「……え……」

「でもだめですよ。もしここに秋芳を受け入れようとしたら、あの男を即刻追放します」

「なんで……」

なぜ秋芳が出てくるんだ。髭剃りを見せたから？　庇ったから？

「それが国の決まりだからです」

そう続ける男の言葉はいつもと変わらぬものなのに、なぜかべつの感情が見え隠れしているように聞こえた。

まるで、嫉妬《しっと》しているかのような。

――……嫉妬……？


「それが嫌なら、私を望んでください」

急《せ》かすように腰を揺すられ、そこで思考がとぎれた。

「私だけだと。私がほしいと」

「んっ……」

「早く言ってください」

ほしいと言えばもらえる。言わずにいる理由などなく、俺は素直に口にした。

「は、ぁ……、わかった、から……きみが、ほしいよ……っ」

隆俊が満足したように深く息を吐き、俺の髪にくちづけた。そして身体を降ろす。

「んぅ……っ、あぁ……っ」

ほしかったものを身の内に収め、俺はめまいのような陶酔を覚えた。

あとは互いの熱を高めあうばかり。

そう思ったのだが。

「髭剃りの続きをしましょうか。私が剃って差しあげましょう」

「え？」

彼は近くに転がしてあったカミソリを手にし、俺の頬へピタリと当てた。

「動くと危ないですから、じっとしていてください」

「きみっ、髭剃りなんてしたことないんだろうっ？」

「剣技は得意です」

「それとは使い方がかなり違うじゃないか——って、あっ」

俺のものから出た先走りを頬に塗りつけられた。ああそうか、石鹸よりも剃りやすそうかも——って、そうじゃなくて。

「じっとして」

カミソリが動きだし、俺は石のように固まるより術《すべ》がなかった。喋《しゃべ》ることもできない。

これは嫌がらせなのか？　でもこれって隆俊だって辛《つら》いんだよな。いや、彼のほうが辛いのか。髭剃りに興奮するのに、動けないんだもんな。

我がムスコは恐怖のあまり萎《な》えかけたが、鏡越しに見る手さばきは非常に手馴《てな》れており、俺よりもうまかった。

隆俊は普段エッチをしているとき以上に真剣かつ興奮したまなざしをしている。本当に髭剃りがツボのようで、体内に埋め込まれたものが硬度を増していくのを感じる。

俺も、身体を繋げたまま髭を剃られることになぜか倒錯的な興奮を覚えだし、腰が揺れるのを抑えるのにいつしか必死になっていた。

「ん……ん……」

己の中心に手を伸ばしてみたものの、動くに動けないこの緊張感がたまらない。

我慢しているとカミソリを握っていないほうの彼の手が伸びてきて、戯れのように前を扱《しご》かれた。

「気持ちいい……?」

頬に刃を当てられたまま耳に吐息をかけられて、背筋が震えるほどの快感が沸き起こる。よけいな真似《まね》をしてるんじゃない、危ないじゃないかと思うのに、そのスリルすら甘い刺激にすり替わる。

「う……あ」

中途半端に前を扱かれては剃られ、拷問のような快感が続く。

「ちょっと、すみません」

しばらくして隆俊が唐突に髭剃りを中断し、腰を揺すって射精した。

「……っ!」

はぁ、と、心地よさげな熱い息を耳に吹きかけられた。

「あなたの中が激しく動いているもので。我慢できませんでした」

「きみね……っ」

隆俊がゆるゆると腰を動かしはじめ、俺の抗議は中断した。

欲しかった快感に身体が熱くなり、理性が弾ける。

「あっ……」

そのあとも必要以上に長いこと時間をかけて髭を剃られ、その後はもういいと言うほど達《い》かされ、いちどのエッチで二十回は達けるという言葉の真相を身をもって確かめることになったのは言うまでもない。

八

髭剃りプレイで暴走した隆俊は午後の職務を放棄し、食事もとらずに夜までぶっ通しで俺を抱き続けた。終わったかと思ったら風呂へ連れて行かれて身体を洗いながら、その後は浴槽で、そして部屋へ戻ったらふたたび……。

それから二日、俺は隆俊を部屋へ入れていない。日頃温厚な俺も、さすがに怒っていることをアピールしたくなった。

不服なのはしつこかったエッチはもちろんだが、秋芳の処遇の件もだ。

あれは納得がいかない。秋芳は俺を見て鼻血を噴いただけで謹慎処分だ。実際に髭を剃っているところを見たわけでもない。かたや隆俊は自ら剃って、その興奮を俺の身体を使って鎮めるなんてことまでした。あれはどう考えても兎神を満足させるためなんかじゃないだろう。なのに王はお咎《とが》めなしって、それは不公平じゃないか。

部屋に入れてないから当然日課のエッチもしていない。本人もあれはやりすぎたと自覚しているのか、強引に部屋へ入ってくることはなかった。

足腰立たなくて二日間動けなかったのだが、今日は三日目にしてようやくまともに歩けるようになったので、部屋から出てみた。

「兎神。どちらへ」

さっそく世話係に尋ねられる。

「秋芳くんのところに行こうと思うんだ」

「では陛下に連絡いたします」

「いや、いいよ。秋芳くんも役人だからこの敷地のどこかに住んでるんだよね。それとも彼は評議衆じゃないから別棟かな。きみに案内してもらえるとありがたいんだが」

「それは……」

「きみも事情は知ってるだろう？　秋芳くんのところに行くのに、隆俊くんを呼ぶのかい？きみが無理なら、適当に訊きながらひとりで行くけど」

世話係を困らせたくないのでいつもは従順に従っているのだが、今日は話しながらも足をとめずに先へ進んだ。俺にふれたら島追放なので、世話係も俺の歩みをとめられず、あわあわしながらついてくる。

「兎神……っ、おひとりで行動するだなんて、危険すぎます。襲われます！」

「そしたら髭剃りしてみせればいいんじゃないかな。相手が鼻血をだしてる隙《すき》に逃げるよ」

「それではよけい興奮させてしまいますっ」

年若そうな世話係をからかいながら、渡り廊下を越えて角を曲がる。すると、ちょうど目的の人物とばったり出くわした。

「秋芳くん」

「おっと、兎神」

彼は片手に大きな花束を抱えていた。もう一方の手にはびわの入ったかごをさげている。

「陛下は」

「いないよ」

「めずらしい。どこへ行くつもりなんです」

「きみのところへ行こうと思ってたんだ。このあいだのこと、謝ろうと思ってね」

秋芳が首をかしげる。

「なんで兎神が謝るんです」

「謹慎処分なんて受けさせてしまって、すまなかったと思って。髭剃りがあんなおおごとになるとは知らなかったんだ」

「謹慎はむしろ助かったってもんですよ。このところ忙しかったから、いい骨休めになりました」

「謹慎以外の処罰は？」

「なにも。謹慎も今日で解けたし」

秋芳が屈託なく白い歯を見せる。

「そうそう、これ、お礼です。俺もあんたの部屋にむかうところだったんですよ」

どうぞ、とびわのかごと花束を渡された。ユリの一種のようで、オレンジ色の鮮やかな花だった。

「俺が謹慎になったこと、陛下に抗議してくれたんでしょう。ありがとうございます。お陰でたいしたお咎めなく済んだ」

「だってねえ。あれは変だろう。抗議したくもなる」

「抗議の一環で、陛下を部屋に入れてないって聞いたんですが」

「ああ」

「陛下がかなりこたえて悶々《もんもん》としてますよ。俺の謹慎も解けたことだし、そちらの謹慎もぼちぼち許してやってください」

「はは。災厄が降りかかるかもって慌ててるかな」

俺が軽く言ったら、秋芳がおや、という顔をした。

「いや、まあ、評議衆や神主はそうだけど……」

秋芳が鼻の頭を指でかき、口ごもる。

「もしかして、わかってないんですかね」

「なにが」

きょとんと見あげると、秋芳がにやにやしはじめた。

「わかってないのか」

「だから、なにが」

「あんた、ほんとにかわいいな。陛下が夢中になるのも無理ないな」

なぜそこでそういう感想になるのかはなはだ疑問だ。

「夢中って、隆俊くんが？　なに言ってるんだ」

「なにって、誰もが感じてることですけど。あんたのことになると、あの人、人が変わるんだ。兎神関連の決まりも、えらく手を加えて厳しくしたし」

「そりゃ、実際に兎神が来たとなれば、法整備もするだろう」

「そういうことじゃなくて」

どういうことかと疑問に思ったのが顔に出たのだろう。秋芳が言葉を付け足した。

「陛下は心底、あんたに惚れてるようだって言ってるんですよ」

「は？」

いきなりなにを言いだすのか。おもしろそうに見おろしてくる赤みを帯びた瞳を、俺はしばし言葉もなく見つめ返した。

「……それは、違うだろう」

「なんでです」

「彼は王としての責務に忠実なだけだろう。兎神への信仰心に篤《あつ》いわけだし」

「それ、本気で言ってるんですか？」

「もちろんだよ」

眉をひそめてそう言うと、秋芳がにやにや笑いをやめ、観察するように俺を眺めた。

「ははあ」

「……なに」

「兎神としては、そういうことにしておきたいってことですかね」

「…………」

「もしかして、ほんとはわかってましたか。まあそりゃそうか。いくら人間が神を想ったってね……なんだか陛下がかわいそうになってきたな、こりゃ」

どうやら秋芳の中では、隆俊が俺に惚れてるってことは確定しているらしい。さらには、それに俺が気づいていながらとぼけているとも思ったようだ。

隆俊が俺のことを好きだなんて、そんなこと……そんなわけ……。

そりゃたしかに、信仰心というのとは違うんじゃないかなと思うことがないわけじゃないが……。たとえばふとしたときに見せる切なそうな表情とか。熱っぽいまなざしとか。ときおり、我を忘れたように激しく抱かれたりとか。

兎神だからというのではなく、求められているような気がしてしまうことは……、じつはなんども、ある。

でも隆俊は、神だからとか国のためだとか口では言う。だからそのたびに思い過ごしだと否定してきたが、俺だけじゃなく、まわりもそう感じていたのだろうか。

先日の髭剃りのときも、嫉妬のように感じたが……まさか、本当に俺のことを……？

そう、なのか……？

眉間《みけん》にしわを寄せて考えに没頭していると、それが困っているようにでも見えたのか、秋芳が謝ってきた。

「兎神、すみません。俺、よけいなこと言っちまいましたね」

秋芳が頭をかきながら言ったとき、その背後で床板が軋《きし》む音がした。

秋芳がふり返り、俺の視界も広がる。するとそこには隆俊が立っていた。

心臓が跳ねあがる。

「あー、陛下。これはどうも。んじゃ兎神、また」

秋芳が愛想笑いを浮かべてそそくさとその場から去っていく。隆俊の気持ちについて話していた直後なのに気まずいじゃないか。ふたりきりにしないでくれと引きとめたかったが秋芳は行ってしまい、俺と隆俊がとり残された。

「……やあ」

跳ねあがった心臓は、元の場所に収まることなく激しく鼓動している。

まいった。秋芳によけいなことを言われたものだから、どんな顔をして接すればいいかわからなくなってしまった。絶対耳が赤くなってるはずだ。ああやばい、落ち着け心臓。

顔をあげられず、彼の手元へ目を落とす。その手には筍《たけのこ》の皮に包まれたものと、草の束が握られていた。

「その花は、秋芳からですか」

やや緊張した声が降りてきた。

「ああ。綺麗だよね。ところできみは、ええと……俺のところに？」

この廊下の先には俺の部屋しかない。

「はい。これを、あなたにと思って」

隆俊が草の束を差しだす。ススキを小ぶりにしたような草だ。

「あなたはなにを喜ぶか佐衛門《さえもん》に相談したところ、ススキがよかろうと言われたのですが、この季節にススキはないので似たものを採ってきたのですが……それから、団子と、香を」

筍の皮に包まれた団子を渡された。あとなぜか線香も。

「……これを、俺に？」

「はい」

月のウサギにススキと団子。

秋芳の贈り物と隆俊の贈り物とでは、俺に対する認識の差がはっきりと現れている。

秋芳のほうは、ある程度俺を人として見てくれているのが伝わるが、隆俊は。

「……きみは……」

「はい？」

「いや……なんでもない」

脱力しすぎてため息も出ない。どうやら秋芳にからかわれたようだと悟った。

やっぱり俺は隆俊に神様仏様としか思われていないようだ。

それはそうだ。秋芳も言っていたじゃないか。隆俊が簡単に耳をさわらせるはずがないと。

ほんの数日前にそう言ったばかりなのに、今日はおなじ口で、隆俊が好きなのは俺だなんて言いだすのは矛盾してる。からかわれただけだ。いま頃秋芳は笑っているかもしれない。

ゲイでもない隆俊が俺に惚れてるなんて、あるはずない。隆俊の態度のあれやこれやは全部、王としての職務だ。なんどもそう言われている。

隆俊は王で若くていい男で、誰でも選べる立場にある。兎神という色眼鏡《いろめがね》をなくしたら異人種の冴《さ》えない男でしかない俺を、選ぶはずがないじゃないか。若くてかわいければまだしも。

「お気に召しませんでしたか」

草束を見つめたまま黙っていると、心持ち不安そうな声が降ってきた。

「いや」

隆俊は、俺の耳には絶対にさわろうとしない。それが答えだ。

俺がさわらせてもらえているのは、子供に手をだそうとしたから特別許可したのであって、そうでなかったら拒まれているだろう。

わかっていた。期待なんかしていない。していなかったけど。

俺だってべつに、この男に惚れてるわけじゃなくて、ただちょっと好みだなって思ってただけで、それ以上の感情なんて、これっぽっちも、べつに、なんとも、だから……。

――――。あーあ。

「……ありがとう」

俺は笑顔を貼りつけて草束を胸に抱えた。

踵《きびす》を返し、来た道を戻ろうとして、ふとふり返る。硬い表情で俺の言葉を待っている男と目があった。

「くるかい？　お茶ぐらい飲んでいく時間はあるんだろう」

「はい」

端整な顔が安堵《あんど》したように微笑《ほほえ》む。その表情を見て、俺の胸はすこしだけ切なく疼《うず》いた。

部屋の隅に置かれた香炉には二本の線香がまっすぐに立ち並び、白い煙をくゆらせている。

煙はさまようように揺れ惑い、絡みそうで、しかし絡みあうことなく天井へ昇っていく。

漂う香りは沈香《じんこう》でも伽羅《きゃら》でもなく、ヒノキっぽい香り。それから秋芳にもらったユリの甘い香りと、世話係が運んでくれた緑茶の香りが室内でごちゃ混ぜになっている。それはまるで俺の心中を表しているようだった。

いま俺と隆俊は居間でむかいあってすわっていた。先日の一件での謝罪も受け、これといった話題も思い浮かばず沈黙が落ちている。

ふたりの距離は畳一畳分ほど離れているだろうか。いつも抱きあうか抱っこされるか密着してばかりで、こうして手が届かぬほど離れて対面するのは初めてのことだったかもしれない。

「三日ぶりに、お顔を見せていただけましたね……」

隆俊が静かに、思いつめたように言う。俺を見つめるまなざしは、恋する男そのもののような情熱が潜んでいるように見える。

そんなふうに感じてしまうのは錯覚だと思う。隆俊はただ、崇拝する神に純粋な気持ちを伝えているだけのはずなのだから。

俺は男なんだ。それも四つも年上。ノンケの隆俊が俺に惚れるわけがない。

「兎神……、私は……」

隆俊は言いかけて、ためらうように目を伏せた。言いたいことがあるのに言えずに逡巡《しゅんじゅん》している様子で、口を開いては閉ざす。

しかしやがて決意したように、俺の目を見つめてきた。

緊張し、張りつめた彼の瞳が俺の胸を貫く。

なにか大事なことを言われるのだろうかと身構えたとき、

「兎神……私は、兎神のことを心からお慕いしております……」

ささやくような声音《こわね》で告げられた。

「……初めて出会ったときからそうですが、いまはそのときよりもずっと――」

俺はそこまで聞いて、なあんだ、と思った。どうやらいつものお世辞のようだと判断し、身体から力を抜いた。

「うん。わかったから、そういうのはもういいよ」

隆俊のお世辞は、聞いていると勘違いしそうになってしまう。神として崇《あが》めているだけの言葉に、ほかの意味あいがあるのだと期待しそうになってしまう。だから聞いているのが辛くて、途中で遮《さえぎ》った。

「……っ、……そう、ですか……」

隆俊はどこか痛そうに顔をゆがめ、黙った。

沈黙が重い。居心地の悪さを感じて、茶を飲むことに没頭するふりをする。謝罪やお世辞はもういい。もうちょっと、軽い話をしたい。

「ええと……そういえば最近、佐衛門さんを見てないな。元気かな」

「ええ。兎神降臨の式典にむけて、精力的に準備をしております」

「式典って、なにをするんだい。佐衛門さんが初日にその話をしに来てくれたけど、けっきょくなにも聞けなかったんだよな」

「民の踊りをご覧いただいたりですとか……」

「踊りって、どんな？」

「詳しいことは後日、佐衛門に説明させますので」

「あ、うん」

せっかくひねりだした話題もそれ以上続かず、ふたたび沈黙が落ちる。

べつに本気で式典の詳細が知りたかったわけじゃなく、雑談がしたかっただけなんだが。

隆俊のほうはなにを考えているんだろうかと上目遣いに窺《うかが》ってみたら、俺の口元に視線を注いでいた。

「なに」

湯飲みに口をつけようとしてわずかに突きだしていた唇を引き締めた。

なにげなく眺めていただけで他意はないのだろうが、話の接ぎ穂になればと問いかけたら、いいえ、とゆるく首をふって、彼も湯飲みに口をつけた。俺のとおなじ湯飲みだというのに優雅に飲む。

「団子も、召しあがってください」

「ああ、そうだね。いただきます」

隆俊が持ってきた団子は米粉で作られたものだった。渡されたときは笥の皮に包まれていたが、いまは世話係の手により黒蜜《くろみつ》ときな粉をかけられ、ピラミッド状に皿に盛られている。餅《もち》じゃないので食感は硬いが、蜜の甘さがちょうどよく、案外うまい。俺がひとつ食べると、隆俊も自分の皿のものに手を伸ばす。

そういえば、いっしょにものを食べるのも初めてか。

彼の手が器用に箸《はし》をあやつり団子をとりあげる。骨張っていてごついのに、その指先は俺よりも繊細に動くことを知っている。団子を迎える口が開き、赤い舌が覗《のぞ》く。いつも俺の乳首を舐める舌が——って。

ああ、いかん。ここに来てから毎日エッチしてたのに急に禁欲したせいか、思考がおかしくなっている。

なにをエロいことを考えているんだと気恥ずかしくなって、団子をもうひとつ口に放《ほう》り込んだ。雑に運んだため、蜜が口の端についてしまった。

「……あ」

蜜を指ですくいとって舐めていると、それを凝視していた隆俊が呟《つぶや》いた。

思わず口に出てしまったという表情で口を噤《つぐ》むから、指を舐めたまま視線で先を促すと、彼は言葉を選ぶように間を置いてから言った。

「指が、よく動くな、と思いまして」

「なんだい、それ」

「そんなにちいさくて細いのに。私が摘《つま》んで、軽く力を加えただけで折れそうに見えます」

自分の指を細いと思ったことはないが、ウサ耳族から見たら子供のように細いのだ。俺も日本にいたとき子供の手を見てちいさいなあと思うことはあったから、そんな感覚なんだろう。

「そう簡単には折れないよ。でもきみは力が強いからなあ。試さないでくれよ」

軽口のつもりで笑うと、隆俊の双眸《そうぼう》が真正面からじっと俺の顔を見つめた。その真剣さに、どくんと心臓が高鳴る。

ああ、もう。

この男の一挙一動にいちいち反応してしまう自分が嫌になる。神さまとしか思われてないのだから意識すると疲れるだけだ。だから言いたいことがあればはっきり言えばいいのに、目をそらせて逃げてしまう自分が嫌だ。

妙な気持ちになってしまうのはきっと錯覚だ。身体の関係に流されてるだけだ。だからしっかりしろ。

自分に言い聞かせていると、頭のどこかで「この期《ご》に及んで」とせせら笑う声が聞こえた気がしたが、心の耳を塞《ふさ》いで気づかなかったことにした。

落ち着こうとして茶を啜《すす》る。しかし団子を食べているあいだに緑茶から熱いほうじ茶へと入れ替わっており、予想よりも熱かった。

「あっつ……」

動揺していたせいでいきおいよく口に含んでしまったからたまらない。驚いた拍子に手にも茶がかかってしまった。

「兎神！」

隆俊が踏みだしてきて湯飲みをひったくる。

「だいじょうぶですか！　お怪我《けが》はっ？」

熱湯だったわけではないから、やけどを負うほどでもない。茶のかかった指先は赤くなってしまったが、じきに元に戻るだろう。

「びっくりさせてごめん。だいじょうぶだよ」

片膝をつき、心配そうな顔をする男に右手を差しだしてみせると、恭《うやうや》しい仕草で手をとられた。

「赤くなっておりますが、痛みは？」

「ないって。おおげさだなあ」

「ふれても？」

彼の親指がそっと、俺の指と手の甲を撫《な》でる。もちろんいやらしい手つきじゃなくてまじめに状態を確認してるだけの動きなんだが、なんども撫でられるとさっきのエッチな気分がよみがえってしまって、次第に胸がざわめいてきた。

「もういいだろう？」

手を引き抜こうとしたら、反射的に強く握りしめられた。あまりの握力に顔をしかめる。

「あ、つい……失礼しました」

すぐに力が緩んだものの、手は離してもらえなかった。大きな両手に俺の手を包んだまま、隆俊が身を近づけてくる。

「口のなかも確認させていただけますか」

「は？　いいよ、平気だって」

「舌を、お見せください」

意志の込められた強い口調。瞳が真剣に見つめてくる。

見せろと言われても……。

手は握られたままだし、落ち着かない。腹に力を入れて、一見いつもと変わらぬ態度を装っているが、胸はいっそうざわめき、口のなかに唾《つば》がたまる。飲み込むタイミングがわからなくなる。

「……なにもしませんから」

低い声で懇願された。

なにもしないって。下心満々の男の常套句《じょうとうく》みたいなことを言ってると、本人は気づいていないんだろうか。

今日はいつになく下手《したて》に出られているように思う。

二日間部屋へ入れなかったことがよほど効いたのか。強引なことをすると、また俺の機嫌を損ねるかもと慎重になっているのかもしれない。

「子供じゃないんだから、そんなに過保護にしなくても」

絶対見せたくないものでもなし、見せれば隆俊も気が済むのだろうと思って、ぶつぶつ言いながらも口を開いてみせた。

隆俊の静かな瞳が細められる。その視線に耐えきれず、すぐに口を閉ざす。

「……いつもより、赤いようですが……。痛むのでは？」

「しつこいよ」

茶を注いだ世話係が水と冷えた手拭いを持ってきてくれた。顔面蒼白《そうはく》だ。彼に気にするなと声をかけ、空いている左手でグラスを受けとる。手拭いは隆俊が受けとり、俺の手に当てた。その上から大きな両手で包み込む。

「自分でやるから、もういいって」

「やりたいんです。やらせてください」

俺が黙り込むと、隆俊が早口につけ加えた。

「この御手が、我が国を平和に導いてくださるのですから。大事にしませんと」

なぜだか言いわけのような言い方だった。

気のせいだろうと思いながら、隆俊の大きな手をぼんやりと眺める。

冷たかった手拭いは、互いの手の熱ですぐさまぬるくなっていく。ぬるくなっても、隆俊は手拭いの替えを世話係に命じなかった。ぬるい手拭いでは手を冷やせない。意味のない行為をしていると思ったが、指摘する気にならなかった。

ふたりして黙って、ぬるい手拭い越しに重なる手を見つめ続けた。

お互いに思いはべつのところにあるようで、そのまましばらくそうしていたが、やがて隆俊がぽつりと話しかけてきた。

「お身体のほうは……歩けるようにまで、回復されたのですね」

「どうにかね」

「先日のことは、本当に申しわけございませんでした。王という立場にありながら、感情を律することもできず……歯止めがきかなくなり、無理を強《し》いてしまいました」

「うん。だから、それはもういいって」

俺は手を見つめながらちいさく言った。

「それでは、今夜から交わりを再開しても？」

最前から隆俊は、これが確認したかったのだろう。だから言いにくそうにして、お世辞なんか口にしたのだろうと思った。

まあ、そうだよな。それ以外に、俺に用事なんてあるわけないんだし……。

俺はこぼれそうになったため息を口の中へ押し戻した。

「しないと、きみの王座が危うくなるものね」

俺は、気持ちの伴わないエッチはよくないとなんども言っている。そんな俺の気持ちよりも自分の任務を遂行することが大事なんだろうと思ったら、つい、嫌味な言い方になってしまった。

隆俊の眉がひそめられる。

「そのおっしゃりようは、まるで私が、自分の地位のためにあなたを利用しているようではありませんか」

「ああ、ごめん。そうは思ってないよ」

「……っ、兎神……私は……っ」

誤解だと否定したのだが、気持ちがこもってないと思われたか。隆俊がいつになく声を荒げかけた。しかしこらえるように口を閉ざすと、ひと呼吸置き、抑制の利いた声で語りかけてくる。

「私は、王としてあなたにご満足いただけるように努めておりますが、自分の地位のためにしているのではございません」

俺の手を握る彼の手に、力がこもる。

「国のためです」

「…………」

俯いている俺のまぶたに、隆俊の強い視線を感じる。

「私が幼い頃、飢饉《ききん》が続きました。母や、友人や兄弟が飢えて死んでいくのを、ただ見ていることしかできませんでした。あのときのような思いは、たくさんです」

落ち着いた口調が静かに、しかし思いを込めて語る。

「民の誰もが、明日の食料の心配をしなくて済む豊かな国にしたい。そのためにはあなたの災厄を撥《は》ね除《の》ける力が必要なのです。幼い頃から、伝説の兎神を心の支えとしてきました。あなたの助力を得られるのなら、私はこの身を捧《ささ》げる所存でおります」

「……そう……」

「いまこの国で、私以上に王として適任の者はいないと自負しております。国のために、どうか私にご助力を」

隆俊の弁に熱心さが増せば増すほど、俺の心は冷えていく。

国のため。国のため。

なんど聞いただろう、その言葉。

「うん、わかってる……。ごめんな。変な言い方して」

隆俊が俺を大事にするのは国のため。ただそれだけ。

はじめからわかってたことなのに、俺ってば、なにをため息なんかつきたくなってるんだ。隆俊の母親や兄弟が飢饉で他界していることは以前にも聞いた。俺もおふくろを亡くしているから隆俊の歯がゆさや切なさはある程度理解できるつもりだ。とはいえ俺がお袋を亡くしたのは二十一のときで、それなりに大人だった。しかし隆俊は七つのとき。ウサ耳族は親子関係よりもコミュニティの絆《きずな》が強いというが、それでも幼い心にどれほど影響を与えたか。その喪失感が彼を国政へと駆り立てているのかもしれない。

飢饉や疫病が日本よりもずっと身近な地だ。隆俊にとって俺への奉仕はお遊びなんかじゃないし、ましてや色恋なんて浮ついたことでもない。俺が考えているよりも切実で、国の命運をかけた行為なのだろう。ため息なんかついたら失礼だ。

国への思いを語る王の言葉なのだから、こっちも身を引き締めて傾聴するべきだろう。

それなのに俺ときたら……。

国のことよりも、目の前の男の心ばかり考えてしまう。

国のため、なんかじゃなくて、もっとべつの言葉を欲している。

「きみが仕事熱心なのは、わかってる。立派だと思うよ。俺も仕事と思って、できるだけのことはするつもりだよ」

誤解していないことを伝えるために、顔をあげて軽く微笑んでやったら、隆俊の瞳が苦しげにゆがんだ。

「兎神……」

ふいに切なそうな声で呼ばれた。隆俊は時おり、こんな声音をだす。熱っぽく思いつめたようなまなざしとともに。

これだから誤解してしまうんだ。本当にやめてほしい。

「兎神……私は……本当に……」

隆俊は思いつめたようになにかを言いかけて、唇をかむ。

「いや、悩ませてごめん。ほんときみの気持ちはわかってるから」

「っ……、わかっていらっしゃって……そのお返事なのですね……」

俺の手を包む大きな手に力がこもる。

「……どうしたら……」

隆俊がちいさな声で呟いた。俺にというより自問するような調子で、その後に続く言葉はなかった。それからなにを思ったか、隆俊は手拭いをはずすと、頭《こうべ》を垂れ、俺の手をゆっくりと口元へ持っていった。

ふれるぎりぎりまで近づくと、視線だけがあがる。

「私は……兎神に、永遠の忠誠を誓います」

そう言って、俺の目を見据えたまま静かにくちづけた。中指の付け根のあたりにやわらかい感触が落ちる。

心臓を、ぎゅっと鷲《わし》づかみにされた気がした。

力強い瞳に視線を搦めとられたまま瞬《まばた》きもできずにいると、彼の唇が降りていき、指先にふれた。熱かったり冷たかったりと過敏になっていたせいで、電流が走ったように指先がふるえる。

赤い舌が覗き、ぺろりと舐められる。俺がなにも言わないでいると、猫のような舌使いで、指先から付け根までをじっくりと舐めあげられた。

舐められているのは親指と人差し指——さっき俺が舐めた指だ。それに気づいたら、劣情で下腹部が熱くなった。

そのうち口に咥《くわ》えられ、しゃぶられた。

見つめあったまま、ことさらいやらしく指を舐められ、情事を連想させるように抜き差しされる。

唾液で濡れ光る指。

やわらかく吸うように頬張られ、舌を絡めながら引き抜かれ——。

勘弁してほしい……。

「夜でもないのにいやらしいことしないでくれ」

耐えきれず、乱暴に手をふり払った。

「交わりは、わかったから。いまはもう帰ってくれないかな」

舐められた指を洗いに行くという口実で俺は席を立ち、水場へ逃げた。
隆俊の、ばかやろう。あんぽんたん。
——気づきたく、なかったのに。

九

数日後、佐衛門が式典の説明のためにやってきた。

式典は一週間にわたっておこなわれるそうで、予定表やらの書類の束を渡され、ひと通りの説明を受けた。

「ご質問はございますかな」

「なんで二ヶ月も先なんです？」

質問はいくつかあったが、もっとも疑問に感じたのは式典がおこなわれるのが二ヶ月先だということだった。

佐衛門の説明を聞いたところでは、準備に時間が必要なことはこれといってなさそうなのだ。

国の名前を決めて、式典で発表するという話もあったらしいが、二ヶ月では決まりそうにないということでそれはお流れになり、べつの機会を設けるという。

だったら式典の準備に二ヶ月必要な理由はなんだろう。ふしぎに思って尋ねたら、よくわからない回答が返ってきた。

「野菜の収穫時期にあわせないといけませんので……」

「野菜、ですか。式典とどんな関係が？」

重ねて問うと、居間のテーブル越しに見る老人の顔がこわばり、不正が発覚した政治家のように追い詰められたものになった。

「……けっして、隠していたわけではございませぬ。本当は兎神が悲しまれぬよう、もうすこしこちらに慣れてからお話ししようと思っておったのですが」

「なんです」

改まった物言いに不吉なものを感じ、姿勢を正す。

「……じつを申しますと、兎神が天に帰る方法に関わることです」

「えっ」

「式典の予定表に晩餐《ばんさん》、というものがあるのをご覧になられましたかな」

「は、はい」

「晩餐で……」

「晩餐で？」

「…………」

緊張に張り詰めた様相の佐衛門が俯き、膝の上に置かれた彼の手が震えだす。

「あの？」

畳に額《ひたい》をぶつけるいきおいで頭をさげられた。

「も、申しわけございませぬっ！　ナスとキュウリを食べつくすのでございますっ！」

「……はい？」

「降臨の式典とは、民へのお披露目という意味だけでなく、天へ帰るお乗り物となるナスとキュウリを一掃し、災いが過ぎるまで兎神をこの地に留《とど》め置くための儀式でもあるのですっ」

しわがれた声が説明を続ける。

「ナスとキュウリは今年で食べおさめ、兎神が天へ帰られるときまで栽培されることは禁止されます。あなた様にとっては式神のような存在なのでしょうが、どうぞこの老僕に免じて怒りも涙も胸にお収めいただきたく……っ！」

「…………」

えっと……。

ナスとキュウリの乗り物って、お盆のあれか……？

……。佐衛門、それ、違う。因幡《いなば》の白ウサギどころか、ウサギともまったく関係なくなっちゃってるから……。

俺は頭をかきながら、佐衛門に顔をあげさせた。

「佐衛門さん。俺は怒りも泣きもしませんから顔をあげてください。ナスとキュウリを式神に使えるのは、兎神じゃないです」

「またそのようなことを。兎神、わしは騙《だま》されませんぞっ」

「いや、ほんとに」

「そう言って油断させて、こっそりナスにお乗りになるつもりでございましょうっ」

「…………」

どうやってナスに乗れと言うのだ。乗れるものなら乗ってみたい。

誤解だと訴えたのだが、この思い込みの激しい神主が納得してくれるはずもなく、最後には俺も投げやりな気分になった。

もういいよ、兎神でも仏様でも好きにしてくれって感じだ。あとで隆俊に言うことにしよう。

「はあ。まあいいですけどね。で、晩餐って、一週間続くようですけど、もしかして」

「はい。その間ナスとキュウリだけをひたすら食べていただきます。天との決別の意志を固めていただくために必要なことです」

あ、そう。一週間ナスとキュウリだけ、ね。

ナスもキュウリも好きだからいいが、ご馳走《ちそう》が出てくると思って期待していたから残念だ。

しかしもし本当に栽培禁止になったら、式典が終わったらこの地ではナスとキュウリを食べられなくなるわけで、それも寂しい。

「ええと、ナスとキュウリはだめでも、ズッキーニだったらいいですよね」

「ずっき……とは?」

「ズッキーニ。ああ、蔓《つる》なしカボチャとみなさんが呼んでいる野菜のことです。カボチャの一種だけどナスとキュウリのあいだみたいな野菜、ありますよね」

ズッキーニっぽい野菜が栽培されているのを、以前農家の畑で見かけたのだった。食感はちょっと違うが、あれで代用できるかなと思ってなにげなく言ってみたら。

「ございますが、まさか」

佐衛門のしわだらけの顔が引きつり、青ざめた。

「たしか天にはカボチャを馬車に変える技を持つお方がいるとか。ということは兎神も蔓なしカボチャを――」

「できませんっ！」

なんなんだ、もう。

「ズッキーニという野菜も今年で栽培禁止とすることにしましたので」

その夜訪れた隆俊が開口一番にそう告げた。

「きみたちね……」

どうやら佐衛門から報告がいったらしい。呆《あき》れて笑いも出てこない。

「食べたいから訊いただけなのに」

「そうなのですか？」

「それ以外になにがあるって言うんだい」

「佐衛門の話では、兎神はズッキーニを戦艦ヤマトにできると」

「どこまで妄想する気だ、佐衛門さん」

いろいろと突っこみどころが満載すぎる。

「違うのですか」

「あたりまえだろう。きみたち、戦艦がどんなものかも知らないくせに妄想力たくましすぎるんだよ」

どうせネタ元は聖人の手記なのだろう。そしてまたななめ上の想像をしているに違いない。

「ナスとキュウリも禁止するなよ」

「しかし」

「民を救いに来たはずの兎神が、民の食料を奪ってどうするんだ。本末転倒じゃないか」

これは強く言わせてもらった。

「たしかにそうですが……しかし私は」

隆俊が思い悩むように俯く。

「私は、あなたを失いたくない……」

まるで恋人に愛をささやくようなセリフに、息がとまりかけた。

「……。どういう……意味」

「禁止せずにいて、もしあなたがナスに乗って帰ってしまったらと思うと……あ、いえ……つまり、あなたを失うのは国が困るという意味です」

理由を聞いて、俺はひそかに息をつく。国を思う王の、いつもの返事だった。そんなわけはないとわかってながら、いちいち動揺する自分の愚かさが滑稽《こっけい》だ。

「ナスで帰れるんだったら、とっくに帰ってると思わないかい？　とにかくそんなことより、きみの仕事の第一は民の生活なんだろう？」

「はい……」

「俺もナスとキュウリの食べられない生活は寂しい。なくなったら、ますます日本が恋しくなるかも」

ちょっと脅すような言い方をしたら、隆俊の顔がこわばった。

「っ……、では、検討します」

ナスとキュウリの話はそれで収まった。

いまは布団の上にむかいあってすわっている。話が途切れ、俺は正面にある男の顔をぼんやりと眺めた。

なだらかな曲線を描く眉と引き締まった口元、シャープな輪郭が品のよさを印象づける顔。

近くで見てもあらひとつ見つけられない。いい男だなあとしみじみ思う。

性格も、まじめすぎるのが難点かもしれないが、誠実で落ち着いていて、この男が誰かを裏切るなんて想像もできない。国政に熱心で、国王のくせに謙虚で。

なんでこんな男が俺のそばに存在するんだろう。

「では……、耳をさわりますか」

隆俊にいつものように尋ねられた。

俺はどうしようか迷った末、ゆるく首をふった。

「それは、もういいよ」

「え……」

隆俊の耳がかすかにゆれる。

「いままでさわらせてくれてありがとうな」

「どういうことです」

「ん？　もう、じゅうぶんさわらせてもらったから満足したというか。だから今日からは、いい」

隆俊が呆然《ぼうぜん》と俺を見る。

「それはつまり、私の耳にはもう興味を持てないと……」

「なんでそうなるんだ。そうじゃないよ。初めから、こんなに毎日さわらせてもらうつもりじゃなかったし」

　ではなぜいままでさわり続けていたかとか、いまになって断る気になったか、なんてことは、隆俊にはうまく説明できそうになかった。

　恋人同士での行為を、恋人でもないのにするのは苦痛に感じるようになった。自分の気持ちに気づいてしまったから、いろんなことが苦しいんだなんて、言えない。

「心配しなくても、ほかの人の耳も、もちろん子供にもさわらないから」

「………」

「べつに、交わりは拒否してないよ」

「……はい」

　隆俊のこぶしが握りしめられる。俺の言葉を深読みしているのだろうか、その瞳に一瞬だけ苦しそうな光が宿ったように見えたが、それに気づいたときには俺は抱き寄せられ、唇を貪《むさぼ》られていた。

「ん……ん……」

　キスをしながら身体をまさぐられ、後ろを指で探られる。すぐに俺の身体は反応し、隆俊を求めた。

「あ……、っ……は、ぁ……」

　入り口を丁寧にほぐされたのち、身体の中に硬い熱が入ってくる。その大きさに俺の身体が馴染《なじ》んでくるのを待ってから、ゆっくりと身体を揺すられる。それは次第に大きな律動となり、熱い手と肉体に翻弄され、深い快楽を与えられた。大きな身体に縋《すが》り、一心不乱に高みを追い求め、つかのま、我を忘れて恍惚《こうこつ》とする。

「あ……、もう……っ」

熱が高まり、絶頂の予感を告げると、俺の望みとは逆に隆俊の動きがゆっくりしたものに変わった。

「まだ……、もうすこし、我慢できませんか」

「な、んで……っ、や……っ」

「すこし我慢すると、もっと気持ちよくなれますから」

「でも……っ」

正常位で抜き差ししながら諭される。焦《じ》らされ、もう一歩深い快楽がほしくて、俺は男の身体に縋りついた。すると応《こた》えるように背に腕をまわされ、きつく抱き締められた。しかし求める刺激は与えられない。

「や、あ……、お願い……っ」

「すこしのあいだで、いいですから……、もうすこしだけ……この腕に……」

隆俊のうわごとのような呟きは、深い意味などないとわかっている。わかっているが、俺は恋人に甘くささやかれた気分に酔いしれる。

「おねが……い……、隆俊くん……っ」

甘えた声でねだると、求めるものの代わりにくちづけをされた。そのキスはとても甘くて濃厚で、恋人のキスのようだった。

その後も散々焦らされて、長い時間をかけて翻弄されたのちにようやくほしかった刺激を与えられた。

「――っ」

欲望を弾《はじ》けさせると、互いの荒い呼吸が耳についた。それが徐々に落ち着いてくると、部屋に静寂が訪れる。

興奮した身体が冷えると、心も冷えてくる。

抱かれているときは本物の恋人同士のような錯覚に溺《おぼ》れることができるから、そのぶん、終わったあとの心の反動が大きい。

エッチ中は熱っぽい雰囲気だった隆俊も、終えたあとはあまり喋らず、行為の前とおなじような硬い表情へと戻ってしまった。その様子は、俺を義務で抱いているのだという彼の心情を表しているのだと思えた。

恋人ではないのだと、思い知らされる。

口にはだせない胸の疼きに、こらえきれないため息をもらすと、となりに横たわる男が半身を起こして見おろしてきた。

「このところ、ため息が多いですね」

「そうかな」

「なにかご不満が？」

俺は顔を見られたくなくて背をむけた。

「好きあってるわけでもないのに交わるのってさ、いくら身体が気持ちよくても、虚《むな》しいなあと思っただけ」

返事は期待していなかった。返事があってもせいぜい国のためと諭されるだけだ。

こんなことを言っても隆俊を困らせるだけなのはわかっている。ごめんと言おうとして口を開きかけたとき、背後から低い声が届いた。

「……そうですね」

そんなふうに同意されたことはいまだかつてなかった。初めて彼の本音を聞かされた気がして衝撃を受けた。

俺を抱くことを仕事としかとらえていないのなら、きっと隆俊も俺とおなじように虚しく感じているだろうと思っていた。

思っていたが、実際に聞かされたらその言葉は予想以上の威力をもって胸に鋭く突き刺さり、俺は息ができないほど深いダメージを負った。

「…………」

心情を気取《けど》られぬように努めて普段どおりの顔をしてそっと起きあがり、浴衣《ゆかた》を羽織る。

それから逃げ場を求めるように立ちあがり、障子を開けた。

夜空には日本で見るのと変わらない欠けた月が浮かんでいる。

じっと見あげていると、布団のほうから隆俊にぽつりと尋ねられた。

「月が恋しいのですか」

「恋しいねえ」

この場合の月は日本のことだ。まだ未練は断ち切れていないので、俺は肯定した。

夜風がさわさわと草木を揺らしながら初夏の湿り気を帯びた匂《にお》いを運んでいる。

「……やはり神は人には惹《ひ》かれないものなのでしょうか」

その声はとてもちいさく、また葉を揺らす風の音で、よく聞きとれなかった。

「え……？」

ふりむいて室内へ視線をむけると、隆俊は布団の上にすわってこちらへ顔をむけているようだった。月明かりはあるのだが、ちょうど庇《ひさし》の陰になっていて表情は見えない。

「月に、想い人がいらっしゃるのですか」

「いや」

暗がりにむけて首をふる。

そんなことを訊かれたらこちらも訊きたくなって、おなじように質問を返した。

「きみは、好きな人はいないのかい」

一拍ほど間があき、ささやくような声が返ってきた。

「……おります」

その返事を耳にした瞬間、息がとまった。そして胸を引き裂かれるような激しい痛みを覚えた。

隆俊に好きな人がいようが、俺には関係のないことだ。だからどんな返答が返ってこようと、期待していないつもりだったのに。

俺は痛みをこらえるように、障子の木枠を握りしめた。

好きな人がいるのに、俺を抱いていたのか。その人のことを思いながら、俺を抱いていたのか。

裂けた胸から中身が溢《あふ》れるように流れだし、からっぽになる。残ったのは諦《あきら》めと虚しさだけだった。

神認定されている自分が恋愛対象外なのは、初めからわかっていたことだ。たとえ神だと思われていなかったとしても、年上で地味な異人種の男など、相手にされるはずがない。神だから敬われているだけだ。

おなじ日本人同士でも、ノンケでは相手にならない。この手の片想いと諦めは、経験してきたことだ。それなのになにをいまさらショックを受けているのか。

「……じゃあ、俺の世話ばかりさせるわけには――」

「かまいません」

機械的に発した俺の言葉は、低い声にとめられた。

外で風が鳴り、それが収まると、隆俊が続ける。

「相手にされておりませんから。……会うたびに好きじゃないと言われます……想いを伝えることすら、拒まれます……」

苦しげにかすれた声。ため息が合間に漏れる。

「想いは募る一方で……これほど辛いとは、知りませんでした」

感情を押し殺したように抑えた声が逆にその想いの強さを表していて、こちらまで胃がよじれそうな苦しさを覚えた。

――そんなに想っている相手がいるのか。

だったらもう、こんな関係はやめようと声を荒げて言ってしまいたかったが、かろうじてこらえた。

そう言いたいのは、きっと隆俊だっておなじだ。

表情など見なくても、隆俊がいま切ない顔をしていることぐらいわかる。そして頭の中はその相手のことしかないのだ。

好きな男の片想いの話など聞いていられなくて、俺は庭へ顔を戻した。背後にむかって告げる。

「悪いけど、ちょっと疲れた。もう済んだんだし、帰ってくれないかな」

意図したよりもきつい語調になった。

「……明日も忙しいんだろう。きみもちゃんと寝ないと」

フォローのつもりでつけ足したが、俺の拒絶は伝わっただろう。

「申しわけありません。よけいなことを言いました」

背後で隆俊が身支度をする音が聞こえる。やがてふすまを開く音。

「兎神」

足音がいったんとまり、呼びかけられる。

「ナスとキュウリの栽培の件は、禁止をとりやめる方向で話を進めますが」

「ああ」

「……帰ったり、しないでくださいね」

「ナスやキュウリじゃ、どうがんばっても帰れないよ」

乾いた笑いを乗せて答えると、気配が静かに遠ざかっていった。

どこからともなく海の香りが漂ってきて、鼻の奥に、涙が出るときのようなつんとした痛みが走った。

俺はなんのためにここにいるんだろう。

「……帰りたい……」

去っていく男の足音を聞きながら、余裕なく呟いた。

十

「お、兎神——っと、悪い悪い」

役場の一般窓口のようなところへ足を運んでみると、声をかけられた。ふりむくと、秋芳がいた。ぶつかりそうになった人に軽く謝りながらこちらにやってくる。

「おいおい、こんなところに来てだいじょうぶなんですか」

「護衛がついているから」

役場の窓口なので、屋敷よりは人の出入りが多い。しかし護衛がふたりついているので心配はしていないかった。

「陛下はいないんですか」

「俺もここに慣れてきたしね。王様もいつまでもつきあってられないだろう」

「ん？　いや、あの人はあんたに頼まれりゃ、なにを置いてでも喜んでつきあうだろ。いま頃あんたのことが心配で仕事が手につかないんじゃないかな」

「なに言ってるんだ。自分が付き添わなくてもいいだろうって言いだしたのは彼のほうだよ」

「へえ」

秋芳が意外そうな顔をして首をかしげた。

「どういった風の吹きまわしだろ」

「彼も俺の存在に慣れたんだろう。そんなもんだよ。俺がここに来て、ひと月になるし」

そう。俺がこの島へ来て、そろそろひと月になる。

屋敷や役場の敷地内ならば、王の付き添いがなくても、護衛をつけて出歩けるようになった。俺が熱心に頼んだ結果ではなく、隆俊のほうから言いだしたのだ。

「そんなもんかねえ。まあいいや。それよりも、兎神の書かれた指導書、読みましたよ。ありゃいいですよ」

「本当かい。役に立つといいんだが」

「いま、役人総がかりで写本してますよ。そのうち――」

「秋芳ー」

窓口のほうで、秋芳を呼ぶ声がした。忙しいときに来てしまったのかもしれない。

「ありゃ。すみません」

「ううん。じゃあ、また」

秋芳が呼ばれたほうへ戻っていく。そこには赤ん坊を抱いた人が立っていた。赤い着物だから女性だろう。

「秋芳、見てちょうだい。生まれたのよ」

女性が明るい声で話しているのが聞こえた。

「出生届か」

「そう。この顔を見ると、父親は進《すすむ》かしらねー。あなただったらもうちょっといい男になったのに、残念ねー」

あっけらかんと話しているが、つまりあの女性は秋芳ともべつの男とも関係を持ったということのようだ。

日本だったら泥沼のような話に繋がりそうだが、ふたりとも平然と喋っている。

子供を産むことやエッチに対して、ウサ耳族は日本では信じられないぐらい気軽に考えていそうだ。

隆俊もそうなのだろうかと思ったら胸が重くなり、俺はその場からそっと離れた。

隆俊はあれから、俺の部屋へあまり足を運ばなくなった。

朝晩していたエッチが、夜だけになった。

それは俺自身望んでいたことだったのに、実際そうなったらけっこう、いやかなり、ショックだった。

日中も聖人の書見をしにこなくなった。そのほかにもなにかしら用を見つけて顔を見せに来ていたのがまったくなくなった。

唯一やってくる夜もあまり積極的に会話しようとせず、ことが終わると長居せずに帰っていく。

その代わり、エッチの内容は濃く長いものになった。

足が遠のいていることに対する謝罪のつもりなのかもしれない。気が遠くなるほど激しく抱かれ、気がつくと、優しいキスをされている。

快楽でぼんやりしているときはとても優しくキスをされたり髪を撫でられたりするのだが、彼は俺の意識がはっきりしてくるのを感じとると、身体を離す。

好きな人との関係がどうなったのかは知らない。俺のところへくる時間が減ったのは、うまくいっているのかもしれないと思う。

あるいは、単純に俺の相手をするのに飽きたのかもとも思う。

日が経つにつれ、俺のことがよくわかるようになってきただろう。理想の兎神とは違うことに気づきだしている時期だろうと思う。思っていたより人間的でいいなんてことを言ってくれたこともあったが、本当にただの人間なのだと気づいただろうか。細かなあらが目につくようになったか。

兎神のことをとても篤く信仰しているようだから、そのぶんよけいに落胆しているかもしれない。

もちろん俺は兎神じゃなく生身の人間だから、残念ながら期待に応えられるわけはないのだ。

夜のたったいちどの訪問も、隆俊は明らかに辛そうだった。硬い表情をして、目を逸らすことが増えた。なにかを耐えるようにこぶしを握っていることもよくある。さすがに失礼と思うのか本人は隠そうとしているようだが、隠しようがないほどに、その表情からは俺に会いたくないという心理が滲み出ている。

そんな態度をとられては、俺も、そばにいるのが辛い。

こちらもとり繕うことができず、ギクシャクとした態度になってしまっていた。好きだと自覚したせいで、よけいうまく接することができない。隆俊のほうでも、俺の態度が変わったことに気づいているだろう。どう思われているだろうか。また兎神の機嫌を損ねたと不安にさせているかもしれないし、なにか誤解させているかもしれない。しかしどうすることもできず、悪循環に陥っている。

隆俊の笑顔をしばらく目にしていない。

出会ったばかりの頃のような、はにかんだ笑顔をまた見たい。でももう無理なのだろうか。俺と会うことでそれほど辛い思いをさせるのなら、俺はここにいないほうがいいんじゃないかとも思う。あんな辛い顔をさせたくない。

隆俊には微笑んでいてほしい。恋人と幸せになってほしいと心から願う。ただし恋人と幸せに寄り添う姿は見たくない。

隆俊のいないところに行きたい。

異世界に来て一ヶ月。ようやく人並みにというべきか、俺は切実に日本に帰りたい気分になっていた。

しかし、帰りたくても帰れない。

「はあ」

ため息ばかりが出てくる。

恋愛感情が相手になくても、惚れた相手に抱かれることができるんだから、贅沢《ぜいたく》を言っちゃいけないと思ったりもする。だが相手からしたら、抱かないと国に災いをもたらすぞって脅されてしかたなく抱いているようなものなんだ。神だから邪険にもできず敬ってるけどって感じで。

相手は嫌々、自分の想い人のことを考えながら俺を抱いているのだ。

考えたらみじめすぎる。

みじめなエッチなんてしたくない。辛い顔をされるぐらいならこなくていいと思う。だが、顔を見られなくなったらなったで、それも辛いのだ。会いたくてたまらなくなる。一日いちどもこなくなったらと思うと不安になる。

気持ちは千々《ちぢ》に乱れて矛盾ばかり。自分の感情にふりまわされて疲れる。

恋をすることが、こんなに辛いものだとは知らなかった。

いままで恋をしたことがないわけじゃない。いちおう自分がゲイだと自覚しているぐらいだから、俺も人を好きになった経験ぐらいはあるつもりだった。

中学のときの友だちのほかにあるのは、高校時代。そのときの相手もクラスの友だちだったのだが、その彼にゲイをばかにするような発言をされたことがあった。彼は俺がゲイだと知らなかったし、悪気はなかっただろう。だが世間一般の男の考えはこういうものなのだと感じ、思春期真っ盛りだった当時の俺はへこんだものだ。

いま思うと、中学高校時代の恋だと思っていたあれは、恋と呼べるほどのものじゃなかったのだろう。恋に憧れる気持ちが人一倍あったから、恋に恋していただけなのかもしれない。だっていまは、こんなに苦しい。これほど辛くなるくらい人を好きになったことは初めてだ。ともかくそんな経験から、俺は人を好きになることに慎重になったし、最初から諦めるようにしていた。もしかして、なんて期待したって傷つくだけだ。だからうっかりノンケに恋をしないように気をつけていた。

それなのに、どうしてこんなことになったんだろう。

踏み込んではいけない領域に、いつのまに入り込んでしまったのだろう。

どうして。

自室へ戻る廊下を歩きながら、俺はこのひと月をふり返る。

「……あのワニがいけないんだ。あれが元凶だ」

どうしてもなにも、考えるまでもない。当然のことだった。

初めて出会ったときから恋していた。ああそうさ。俺は乙女《おとめ》なゲイなんだ。危ないところを颯爽《さっそう》と助けてくれたイケメンに、ひとめ惚れしないわけがないじゃないか。

「あれが襲ってきたせいで、いい加減な兎神伝説も言い伝えどおりになっちゃったし……」

「兎神？」

あのワニめ、などとぶつぶつ言っていたら、護衛に聞こえたらしい。慌ててなんでもないと笑ってごまかし、部屋へ戻った。

目的があって外に出たわけではなく、ただの気晴らしの散歩だった。

しかしいっこうに気は晴れず、ごろりと畳に寝転がった。

やがて、来てほしいような、ほしくないような、夜がやってきた。

「あ……んっ、……ア……っ」

四つん這《ば》いの格好で、高く突きだした尻の中央にある入り口に、猛りの先端がぬぷ、と潜り込んで来る。大きな手に腰をつかまれ、逃げられないように固定されると、奥まで押し込まれた。

入り口の周りも茎も、潤滑剤や互いの体液ですでにぐしょぐしょだった。ぬぷり、といやらしくぬるついた音を立てて、熱い猛りがゆっくりと出入りする。

「あ、あ……っ……」

先ほどまでは正常位で繋がっていた。俺が達きそうになるとタイミングをずらされて、達けそうで達けない瀬戸際の、気がおかしくなりそうな快感を延々と与えられていた。

隆俊にこすられる部分はとろとろに溶けていて、快感以外感じることができなくなっている。

理性も溶け崩れ、唇から漏れるのは喘《あえ》ぎ声だか泣き声だか判別がつかなくなってきた頃、楔《くさび》を抜かれ、この体勢をとらされた。後ろから突かれると、前からのときとはまた違う快感が生まれる。奥まで挿入されると、中のカーブと猛りの反り具合がちょうどよく収まり、気持ちよさに声をあげてしまう。

「そこ……、気持ち、い……、ひ、あっ」

隆俊の下腹が俺の尻にぐいぐいと押し付けられる。好きな男の猛りが根元まで俺の中に入っているのを感じて、ひくつく入り口を締めつけた。

「う、んっ……」

抜き差しが徐々にスピードをあげ、奥を激しく突いてくる。入り口から奥までの粘膜をくまなくこすられ、快感と熱が高まり、歯を食いしばった。

口を閉じていないと、我を忘れて好きだと言ってしまいそうだった。

身体を揺すられるたびに、好きだ、と心が叫ぶ。

それは快感とともに次第に膨れあがってきて、制御が利かなくなる。

やがて押しあげられるように頂点へ達し、心はどうにか抑えたまま、身体の熱だけを解放した。

「ん、――っ」

俺が吐精したのとほぼ同時に、隆俊も精を放つ。隆俊の猛りは根元まで俺の中に収まっているから、先端は届く限りの最奥《さいおう》にある。それよりさらに奥にむけて、熱い液体を注がれているのを感じる。解放感に身をゆだねながら、ドクドクとたっぷりだされている音を耳にした。

ああ……と、陶酔したように甘い吐息をこぼした、そのとき。

「――好きだ……」

だし抜けに、かすれた声が聞こえた。

――……。え？

なにが聞こえたのか、すぐに理解できなかった。射精直後の真っ白な頭を、かぽんと叩《たた》かれたような感じだった。

なんだ、いまのは。

好きだ、と聞こえたが……。

一瞬、自分が言ったのかと思った。好きだ、好きだと心の中で思いながら抱かれていたから、それが口から転がりでてしまったかと思ったが、自分の声ではない。

ということは隆俊が発したのだ。

だがなんで、隆俊が。

「え？」

俺が尋ねるような調子で声を漏らすと、背後で息を呑む気配がした。はっとしたように彼の身体がこわばる。

「……いま……」

「申しわけありません。つい」

気まずそうな様子で隆俊が言い、楔を抜いた。

つい？

つい、ということは、うっかり口から滑り出た言葉なのだろう。そしてそれを謝罪するということは、俺に対する言葉じゃなかったからだろう。

つまり隆俊は、好きな相手のことを思いながら俺を抱いていたらしい。その相手を抱いているつもりで、俺の中で達ったらしい。

「ああ……」

俺は呻くような声を漏らして布団に突っ伏した。

好きでもない相手を仕事で抱くんだ。そりゃあ好きな相手を抱いていると想像でもしなきゃ、やってられないだろうさ。神様相手のご奉仕じゃ興奮しないだろうし、勃つわけないんだ。

後ろからだったから俺の顔が見えない体勢で、だからほかの相手のことを想像しやすかったんだろう。

責めるつもりはない。

でも、なあ。

俺を抱きながら、ほかの人のことを考えているかもとは思っていたが、実際に聞かされると、胸に堪《こた》えるものがある。思うことまではとめないが、言わないでほしい。

俺を抱きながら、ほかの人への想いを口にするだなんて。

好きだ、なんて言わないでほしい。

——俺は、きみのことを好きだと思いながら抱かれていたのに。

「兎神……その……いまのは……」

隆俊もさすがにいまのはよろしくなかったと思ったようだ。どう言いわけしようかと、しどろもどろになっている。

「うん。いまのはちょっと……聞きたくなかったかも」

ショックがきつすぎて、愛想のない声で俺は言った。

「聞きたく……、……そう、ですよね……」

「うん……」

「……申しわけございません……お耳汚しを……」

俺はうつぶせているから隆俊がどんな顔をしているかわからないが、己の失態を悔やんでいるだろうことは、苦しげな声音から計り知れる。

「口にするつもりはなかったのですが……その」

そうやって謝られるとよけいに泣きたくなって、隆俊の声を遮った。

「いいから。気にしてないから。おやすみ」

「っ……、兎神」

「おやすみ」

「……。おやすみなさい……」

隆俊はしょげた声をだして身体を離し、俺に布団をかけて静かに退室した。

熱かった身体が急速に冷えていく。俺が放った残滓《ざんし》でシーツが冷たく濡れていて、それが虚しかった。抱かれて夢中になって、ばかみたいだ。

身体を弛緩《しかん》させていると、隆俊が出したものが入り口から溢れてきた。

中にだされると、自分を抱くことで隆俊も気持ちよくなってくれているのだと思えて、嬉しいような気がしていた。だがそれは俺に対する欲望の証《あかし》ではなく、ほかの誰かへの彼の想いの結晶なのだ。ほかの相手への恋心を俺の身体で処理されているだけなのだと思ったら、虚無感で胸がぼろぼろに崩れた。

どうして好きになってしまったんだろう。

こんなことなら仕事と割り切ったままのほうがよかった。隆俊を好きだと気づきたくなかった。

もうさ。もうさ。

本気で帰りたいんだが……。

俺のすすり泣く声に、ふくろうの鳴き声が寂しく重なった。

夜遅くまでぐずぐず泣いていたせいで、翌朝の俺の顔はひどかった。風船のようにぱんぱんになってしまって、朝食を運んできた世話係が蜂《はち》に刺されたかと慌てたほどだ。

昼過ぎには元どおりになって、ほっとした。

朝のご奉仕がなくなってよかった。隆俊に、泣き腫《は》らした顔なんて見せたくなかった。

なんとも思われていないのだから、腫れた顔をしていたってどうも思われないだろうに、自然と乙女なことを考えてしまう自分を笑いたくなる。

昨夜のダメージが深すぎて、今日はやる気が出ない。日課の畑仕事を終えたら、居間で座布団を枕にし、こてんと横になった。

「はあ……。この歳《とし》になって初恋で片想いなんてな……」

呟いたら、ますます気が滅入《めい》ってしまった。

仕事が忙しすぎるのは嫌だが、ひますぎるのもよけいなことを考えてしまって辛いものだ。娯楽のない島である。せめて海でも見に行きたいが、敷地の外に出るのは隆俊につきあってもらわねばならず、それではよけいにストレスが溜《た》まってしまう。

「海か……」

俺がこの島の海辺で倒れていたのがほぼひと月前だった。月日が経つのは早いものだ。日本のみんなはどうしているだろう、仕事はどうなっただろう、大久野島《おおくのしま》の俺の荷物は保管されているだろうか、などとひと通り思いめぐらせたあとに、こちらに来た夜の記憶が脳裏に浮かんだ。星の綺麗な新月の夜だったなあとなにげなく思い返し、そこで頭の中でひらめくものがあった。

「……待てよ。今日って、あれから……何日だ？」

はっとして起きあがった。

記憶が正しければ、今夜は新月だ。

新月の日に移動した。ということは、また新月の日に、異世界への扉が開く——という可能性はないだろうか。

そんな簡単なものではないかもしれない。月の満ち欠けなど、なんの関係もないかもしれない。だが否定できる証拠もない。ならば散歩がてら確認しに行ってもいいんじゃないか。

そう。気軽に、ちょっと確認に。

ただの思いつきでなんの根拠もないが、ナスやキュウリよりは現実味がありそうじゃないか。

そう思ったらいてもたってもいられなくなり、考えれば考えるほど確認しに行かなくてはいけない気分になってきて、俺は散々迷った末、ひとりでこっそり出かけることにした。

外に出かけるなんて言ったら隆俊を呼ばれてしまうので、世話係には迷惑をかけそうで悪いが、黙って行くよりない。

すぐに出かけようと思ったのだが、抜けだすなら夜のほうがいいだろうと思い直し、陽《ひ》が落ちるのを待った。やがていつもとおなじ時間に隆俊がやってきて、俺を抱く。

本気でこれでお別れになるとも考えていないが、もしかしたらこれで最後になるかもしれないと思ったら、俺の身体はいつも以上に熱く反応した。

身体の中に隆俊を受け入れるとすぐさま粘膜が蠕動《ぜんどう》し、きつく締めつけてしまう。律動がはじまると自分も積極的に腰を動かし、快感を高めあった。やがてふたりいっしょに極みへ達する。

終えたあと、隆俊は身体を離してとなりに移動し、俺のひたいの汗を拭ってくれる。その顔を俺はぼんやりと眺めた。エッチ直後で興奮の色の残る目元が色っぽい。いつもはストイックに映る引き締まった口元も、わずかに唇を開いて熱い吐息をこぼしている。

唇の内側が濡れていて、まるで誘われているようだ。

——キス、したいな。

見ていたら切なくなって、とてもキスしたい衝動に駆られた。

キス、したい。

隆俊には好きな人がいる。だから俺は自分の気持ちを自覚したあとも、自分からキスを求めることはしなかった。だが最後の記念にこれぐらいは許してほしいと思い、俺は隆俊へ身体を寄せた。

隆俊の目が、なにをする気かと窺うように見つめてくる。その瞳は見ないようにしつつ、俺は自ら隆俊の唇へ顔を寄せ、軽く重ねた。

「……兎、神……」

唇を離すと、かすれた声で名を呼ばれた。俺のほうからキスをしたのなんて初めてだったから、隆俊はひどく驚いた顔をしていた。直後に強い力で抱きしめられ、激しいキスを返された。

「兎神……兎神……っ！」

俺がキスしたのは、今日のエッチに満足できなくて催促しているとでも思われたのだろうか。その後、もういちど抱かれてしまった。

「んっ……あ……っ……あ、……」

「兎神……私の名を、呼んで……」

「え……、あ、ァ……、……っ」

名を呼んでほしいとささやかれ、どうしてと思うが、身体の中に入ってきた隆俊に揺すぶられて思考がまとまらない。

情熱的に奥を突きあげられながら、名を呼んでくれとふたたび催促され、わけのわからぬまま呼んでやった。

「っ……隆俊、くん……っ、ぁ、あっ……ん、ぅ……っ」

すると、俺の中にいる隆俊が興奮したように硬度を増した。後ろから、前から、なんども貫かれ、達かされる。

そんなつもりじゃなかったのに、ものすごく激しく抱かれてくたくたになった。

隆俊が帰ると、朝までは誰も部屋にこない。

俺は静かになった部屋で腰をさすりつつ、浴衣から着物へ着替えた。それから障子を開けて縁側へ出る。

廊下を通っていったら世話係と顔をあわせることになるので、選択できる通路は中庭だ。以前秋芳が垣根をかき分けてやってきたように、うまくやれば抜けだせるだろう。

中庭用の草履《ぞうり》を履いて、音を立てないようにそっと庭へ降りる。とそこで、

「兎神、失礼致します」

部屋の扉のむこうから世話係の声がした。うわわ。

「は、はいっ」

予想外の訪問に動転してしまう。慌てて縁側へあがるのと、世話係が扉を開けるのが同時だった。

「敷布を交換するように陛下から仰せつかってまいりました」

「ああ、そう」

先ほどの激しいエッチでシーツを汚していた。隆俊が帰りがけに言いつけていったらしい。

「庭へ出られていたのですか？」

「う、うん。ちょっと畑の様子を見たくなって」

やましい思いがあるから挙動不審になってしまう俺を、世話係は首をかしげて見つめる。

「お召し替えもされたのですね」

「あ、着物は、その、浴衣を汚しちゃったから」

「浴衣でしたら、予備が箪笥《たんす》にございましたのに」

世話係がてきぱきと浴衣をとりだしてくれた。

「そうだよね。ありがとう」

俺は冷や汗をかきつつそれを受けとり、シーツ交換を見守った。世話係は俺の行動をさほど不審に思わなかったようで、作業を終えると部屋から出ていった。

「……焦《あせ》った」

気配が遠ざかるのを待ってから、俺はふたたび縁側から庭へ降りた。いちど部屋のほうをふり返り、だいじょうぶそうだと確認してから垣根のそばへ寄る。ほかの場所よりも枝ぶりが悪い場所がある。そこが秋芳がやってきた場所だ。

むこう側には遠くに人の気配があった。ご苦労なことに夜も警備してくれているようだ。静かに身をひそめて待っているうちに、去っていく足音が聞こえた。慎重に垣根をかき分けて、辺りを窺いながら中庭の外へ出る。そのあとは闇《やみ》に乗じて速やかにその場から遠ざかり、役場の門を出た。

そこで俺は夜に出てきたことを後悔した。なにしろ街灯なんてないから真っ暗だ。提灯《ちょうちん》の用意もない。月もない。足もとなんてろくに見えやしない。ただ、空が晴れていたので星明かりがあり、それを頼りに海岸へむかった。

明かりに満ちた日本で暮らしていた俺は、これほどの暗闇は慣れていない。正直怖かったが、ここまできて屋敷に戻ろうとは思わなかった。

この異世界に別れを告げて、日本へ帰ろう。恋に煩わされることもなく、淡々と生き、写真を撮って過ごす、味気なくも平和な日常に戻るのだ。

灯台もない暗い海岸へどうにかたどり着くと、砂浜を波打ち際まで恐る恐る歩いていった。この砂浜にはワニがいる。ここのワニは夜行性だったりしないよなと警戒しながら水辺に立ってみるが、ほかの場所で寝ているのか、ワニの気配はなかった。

ざざ、ざざん……と、穏やかな波が引いては寄せて、俺の足を洗っていく。その冷たさに身が引き締まる。潮風が頬を撫で、髪をなびかせ、気持ちを落ち着かせる。

どれほどそうしていただろう。一時間、いや、二時間。あるいはもっとだろうか。脚が棒になるくらい、かなり長いあいだぼんやりと佇《たたず》んでいたのだが、俺の身体にはなんの変化も起こらなかった。

海のほうにも変化はない。渦潮ができるわけでもなければモーゼの十戒のように海が割れることもなく、ワニが並んでくれるわけでもない。単調に波打っているだけだった。

日本へ戻れそうな予兆は微塵《みじん》もなく、俺は拍子抜けしたような気分になった。

まあ、それはそうだ。

新月になるたびに日本へ渡れるのだったら、大久野島にウサ耳族が溢れ返ってしまうじゃないか。

ため息をついて、降るような星空を見あげた。地上の暗さが星の輝きを際立たせていて、宇宙のただ中に立っているようだった。

「ばかだなあ……」

屋敷から抜けだしてここへくるまでのあいだ、日本へ帰ることしか頭になかった。

隆俊のそばにいるのは辛すぎて、日本へ帰りたかった。日本へ帰って、隆俊のことを忘れてしまいたかった。この歳になって辛い恋煩いなんて、冗談じゃない。

俺は人魚姫のように強くない。実らない恋と知りながら好きな人のそばにはいられない。そんなふうに思っていたが、帰れないことを確認すると、がっかりしただけでなく、安堵する気持ちも生じていた。

「マゾだなあ……」

星空から足元へ目を転じて、隆俊のことを思う。

なんとも思われていなくても、やはりあの男が好きだと思う。

そばにいると辛くて離れたいと思うが、そばにいて、国作りを助けてやりたいとも思う。

もし、あんな出会い方をしていなかったら。ワニから助けられてなかったら、好きになっていなかっただろうかと考えてみるが、助けられていなくても、いっしょに過ごすうちにきっと好きになっていただろうと思う。

いつのまに俺はこれほどあの男のことを好きになっていたのだろう。たぶん出会ったときから惚れていたのだろうが、気がつけば日がな一日隆俊のことばかり考えて、こんなふうに思いつめるほどになっていた。

第一印象は鮮烈過ぎたが、それだけだったらこれほどの想いにはなっていない。会話から伝わる考え方や性格などはもちろん、もっとほんのささいなこと、たとえば視線の流し方だとか、声を発するタイミングだとか、佇まいだとか、香りだとか、本当にとるに足らないようなことでも毎日、好ましいなと感じる事柄があり、その日々のほんのちょっとした積み重ねが想いを強く育てたのだろう。

「滴り積もりて淵《ふち》となり……だ」

足の裏をすり抜けていく砂の感触が、自分の立ち位置を見失わせようとする。それに逆らうことなく身を任せ、隆俊のことを思った。

「……帰るか」

気持ちにけりをつけ、そろそろ帰ろうかと顔をあげる。そのとき遠く後ろのほうから馬の蹄《ひづめ》のような音が聞こえてきた。ふり返ってみると、疾駆《しっく》する馬の姿があった。一直線にこちらへむかってくる。

馬上には人影がある。片手にさげている提灯の灯《あか》りがその人物の顔を照らし、次第にはっきりと見えてくる。

隆俊だった。

数メートルまで近づくと、隆俊は馬をとめ、砂浜へ降りた。それから駆け寄ってきた。

目の前までくると立ちどまり、直立したまま見おろしてくる。肩で息をし、食い入るように俺を見つめる。

俺は黙ってその瞳を見あげた。

——ああ、俺、ばかだな。

隆俊の静かなようでいて熱いまなざしを受けとめたら、切ないほどの恋慕の気持ちが湧《わ》きあがり、胸が焦げた。

やっぱり俺、隆俊が好きだ。どうしようもなく好きだ。

この男から離れることなどできるわけがないと悟ってしまった。一瞬でも離れようと思った自分が滑稽なほど愚かに思えた。

胸が痛い。姿を目にしただけでも泣きたくなるほどに。

泣きだしたくなる気持ちを抑えてどうにか「やあ」と声をかけようと口を開いたが、言葉は出てこなかった。俺はぽかんと口を開け、まぬけ面《づら》を晒したまま動きをとめた。

なぜなら、隆俊の凛々《りり》しい顔がゆがんだかと思うと、見るまに瞳が潤み、涙がこぼれ落ちたからだ。

ひとつ流れると、それからは堰《せき》を切ったようにいっきに溢れ、彼は声もあげずに滂《ぼう》沱《だ》の涙を流しはじめた。

「お、おい」

まさか隆俊が泣きだすとは。俺はうろたえて手を伸ばしかけたが、どうしたらいいかわからず、その身体にふれる前に中途半端に手をとめた。するとその腕をとられ、身体ごと攫《さら》われてきつく抱きしめられた。

「帰られたのかと……っ」

持っていた提灯が地に落ちて燃えはじめる。しかし隆俊はおかまいなく俺を抱きしめ続ける。

「嫌な予感がして……あなたの部屋へ戻ってみたら、もぬけの殻で……」

「ああ……」

「どうしたら、いいのか……、もうどうしたらいいのかと——あなたを失ったら私は……」

嗚咽《おえつ》とともに絞りだされた声に胸を絞られる。

「驚かせて、ごめん」

「驚かせたって、あなたは——っ」

隆俊は激した口調でやや乱暴に身体を離し、俺を睨んだ。

「帰ろうとしたのでしょう。私になにも言わず……。疎んじられているのはわかっております。ですが、こんな仕打ちはあんまりです」

そう言うと、ふたたび抱きしめてくる。

男の腕のぬくもり。熱い言葉。彼の中で強い感情が渦巻いているのがわかり、俺はその言動のすべてに息苦しいほどに心が揺さぶられてしまう。

隆俊の言葉は恋愛感情から出てくるものではないと知っている。だが、それでもいい。好きな男にこれほどまで想ってもらえて、幸せだと思えた。

「疎んじられても、私は……っ」

「疎んじるだなんて」

本当はきらうどころか、好きすぎてぎこちなくなっていただけなのに、やはり誤解させていた。

「そんなこと、思ってないよ」

俺はそっと腕をまわし、彼の背を撫でてやった。

「……慰めはいりません。わかっております」

隆俊は苦しげな声でそう言うと、いちど言葉を切り、そして——耳を疑うようなことを口にした。

「あなたの心がほしいなどと、贅沢なことは望みません。私との交わりがそれほどお嫌ならば、それも……やめます。だから……そばにいてください……そばにいるだけで、いいから……」

強く抱きしめられ、熱くささやかれた。

「お慕いしていると、どれほど訴えても気持ちは伝わらない……。どうしたらあなたの気持ちを得ることができるのか……たかが人間が求めてもしょせん無理なのだと、もう、そんな大それたことは考えておりません。ですが——」

告げられた言葉の意味を考える間もなく、切々とした声にささやかれ続ける。いつものお世辞だろうと聞きはじめたが、これは——神に対する言葉にしては、なにかがおかしくないか。

お慕いしているとは、これまでにもなんども言われている。神に対する信仰心だと受けとめている。そばにいてほしいというのは国のため。

だとしても、ほかの言葉はどう解釈すればいい……？

俺の心がほしい、と……いま、たしかにそう聞こえたが……。

降りかかる声は甘く切なく鼓膜を震わせて、深く想われているのだという錯覚に俺を陥《おとしい》れていた。だから自分に都合のいいように聞きとれてしまったのだが……。

「ま……ま、待ってくれ……」

信じられない告白に頭が真っ白になりかけたが、そんな場合じゃないと急いで声を発した。

「なんだ……それ……」

「なに、とは」

「俺の心が、ほしい……って……」

訊き返す声は震えてしまった。

「いえ……ですから、そんな大それたことはもう考えておりませんと」

「いや……、ま、ま、待て。待ってくれ」

俺は抱擁してくる胸をすこし押し返し、混乱しながら必死に見あげた。

「それって、その、ええと……俺のことは神としか思ってなかったんじゃ……エッチも……俺を抱くのは国のためだって、いつも言って……だから……」

動揺しすぎて、ちゃんとした言葉にならない。しかし言いたいことは伝わったようだ。隆俊が眉をひそめながらもはっきりと答える。

「私との交わりを嫌がっているあなたに、あなたが好きだから抱きたいのだと言えとでも？　私には国のためという口実しか残されていないのに、どうしろと」

「…………」

「もちろん、神として尊敬し、崇拝する気持ちも持ちあわせております。が、それだけでない感情も、抱《いだ》いております」

「……う、そ」

「ずっと、お伝えしてきたつもりですが」

自分の心臓の音がにわかに大きくなる。

「そんなの、全然……あの、じゃあ……好きな人がいるって、相手にされないって言ってた、あれは……」

「あなたのことです」

俺は言葉を失って隆俊の泣き濡れた顔をみつめた。その瞳からはもう涙は溢れていないが熱い想いに潤んでいて、言外に心情を語りかけてくる。

「だったら……昨日、好きだって言ったのは……まさか、俺に言った……？」

「あれは……申しわけございません。お慕いしていると気持ちを伝えるたびに、もういいと拒まれておりましたから、これ以上想いを口にするつもりはなかったのですが、夢中になっていたもので、つい口が滑って。しかも失礼にもあのような粗雑な物言いをしてしまいました」

そんな……そんな、ばかげた誤解だったというのか……。

「それ……神としてじゃなく、俺個人が好きって解釈で、いいんだよね……」

「あなたが神であろうがなかろうが、天に帰したくありません。醜い想いを抱いております」

「……俺、男だし……年上だけど……」

「存じております」

それがなにか問題でも？　と言いたげに首をかしげられた。性別や年齢などは、隆俊のほうはまったく気にしていないらしい。

「このようなことを告げられても、お困りになるでしょうが——兎神っ？」

あまりのことに俺の脳みそは溶けたか蒸発したのかもしれない。なにも考えることができない。身体からも力が抜け、立っていられずしゃがみ込んでしまった。

抱擁を緩めていた隆俊の腕が、膝をついた俺の身体を慌てて支える。

「兎神——」

「……まらないよ」

「はい？」

「困らないよ……」

心臓の鼓動が激しすぎて、胸が苦しい。

とまどった様子の男の胸の辺りに視線をあわせながら、俺は自分の着物の胸元を握り締めた。

「俺も……きみのことが好きだから」

ひっそりとした吐息に乗せて紡いだ言葉は波の音にかき消されそうなほどちいさな声だったはずだが、相手の耳にも届いたらしい。

「え……」

息を吸いかけていた隆俊の胸が、ぴたりと動きをとめた。

「いま、なんと……」

驚きと疑いの入り混じった掠《かす》れた声が訊き返してくる。俺は泣き笑いのような表情を浮かべて、もういちどはっきりと伝えてやった。

「きみのことが、好きなんだ。――神としての博愛精神とか、そんなんじゃないぞ」

告白なんてしたことがないから、声が震えた。きっといまどき中学生のほうがもっとうまく言えるだろう。

でもそんなことはどうでもいい。俺は感極まってしまって、広い胸に抱きついた。

隆俊はいまどんな顔をしているだろう。見たいような見たくないような気がしたが、抱き返してくれる腕の力強さが、彼の気持ちを表してくれていた。

こんな夜だというのに、俺の捜索には警備の者はもちろん、評議衆や下働きの者など、屋敷に住む者総出であたってくれ、島中を探してくれていたようで、戻る道すがら、会う人に涙と拍手で迎えられた。

いくら俺が兎神じゃないと主張しても、この人たちの中では俺は兎神でしかなくて、俺が日本に戻ったりしたら、神に捨てられたと民を悲しませることになるのだろう。

俺が無事に見つかったことを、みんなが泣いて喜んでいる姿を見たら、もう、そうそう帰れないなと思えた。

「よくあそこにいるってわかったね」

「あなたが島に降り立った場所ですから。そこから天に帰るつもりではと」

「嫌な予感がしたと言っていたね」

「ええ」

帰りながら隆俊がぽつぽつと話す。

「今日、あなたからくちづけをしていただいて、とても嬉しくて。夢のような心地がしました。ですが、部屋に戻ってから改めて考えてみたら、あなたの様子がどことなくおかしかったように思えて。最近は疎まれているようでしたのに、そうじゃなかったというか」

たしかに今夜は最後になるかもしれないと思ったから、俺の態度はいつもと違うものだった。

「疎まれているのだとばかり思っておりましたが……、本当に、違うのですね」

「ああ。そういう隆俊くんもさ、このところ、俺を避けていただろう」

「それは」

隆俊がちょっとためらってから、誠実な声で答える。

「初めてお会いしたときからお慕いしておりました。しかし、あなたを知れば知るほど、日毎《ひごと》に想いは強くなって……お会いするのが苦しく感じるようになって……」

外出に付き添うのをやめたのは、疎まれていると思ったから、しつこくしてこれ以上きらわれたくなかったからだとも明かされた。

俺は自分の気持ちを自覚してからも、エッチは好きな人とするものだと口にしてきた。それは隆俊からしたら、好きじゃないと言われているのだと思えただろう。

隆俊も俺とおなじように悩んでいたのだと思うと、目頭が熱くなってきてしまった。

「ごめんな……俺もおんなじように思ってた」

そんなふうに気持ちを伝えあい、誤解を解いていった。腕に抱きかかえられて部屋へ戻ると、そのまま寝室へ連れられ、布団の上におろされた。

「もう、お疲れでしょうか」

上にのしかかってくる男は気持ちも身体も昂《たか》ぶっているようで、熱っぽいまなざしで誘ってくる。

何時間か前にもしたのだが、俺のほうも気持ちが昂ぶっていたし拒みたくなかった。

「だいじょうぶだよ」

はにかんで答えると、男の顔が近づいてきて唇を重ねられる。キスはなんども交わしたけれど、想いが通じあって初めてのキスはそれまでのものとはまったく違うように感じられて、身体が蕩けそうだった。

「ふ……は……」

キスはいつも受け身だったのだが、今夜は俺のほうからも積極的に舌を絡めていった。するといつもは優しくリードしてくれる隆俊の愛撫《あいぶ》がこらえきれないように激しくなる。俺の身体を撫でまわす手も、急ぐように着物を脱がせ、奥を探ってくる。

「隆俊く……あ……っ」

「すみません……急ぎすぎですね。早くひとつになりたくて、つい」

隆俊が自制して攻め手を緩める。だが俺も早く彼を感じたかった。身体の熱はじゅうぶん高まり、後ろも先刻から柔らかく、いつでも受け入れる態勢はできている。

「いいよ……俺も早く、きみがほしいから」

想いが通じあったいきおいで、恥ずかしい言葉を口にした。さすがに相手の目は見られず、俯きがちに言ったのだが、それがよけいに男の劣情を煽《あお》ったようだ。隆俊が即座に自分の着物を脱ぎ、俺の脚を抱える。

「……いいですか」

興奮しきったかすれた声が色っぽく、俺の腰を甘く痺《しび》れさせる。

「ん」

頷くと同時に、猛りが俺の中へ押し入ってきた。

「あ、……く……、っ……」

さすがに急ぎすぎたか、貫かれる衝撃は予想していたよりも大きかったが、慣れた身体は柔軟にそれを呑み込み、迎え入れた。

ふたりとも乱れた息遣いで、奥深くまで繋がる。

身体の奥で、隆俊の情熱を感じる。身体だけの繋がりではない。身も心もひとつになれた喜びで、泣きたくなるような幸福を覚えた。

「兎神……お願いが」

繋がったまま動かず、俺の身体が慣れるのを待ってくれている隆俊が、荒い息を吐きながら声をかけてきた。

「な、に……?」

「名を、お呼びしてもよろしいですか」

「ああ……」

そういえば俺は、名字しか名乗っていない。

「泰英《やすひで》っていう。稲葉《いなば》泰英」

「泰英様……？」

「『様』はやめてほしい。せめて『さん』で」

「泰英、さん……それがあなたのお名前」

「うん」

上から見おろしてくる隆俊の目が、すこし潤んでいた。

「神に名を訊くのは失礼になるかと思い、遠慮しておりました。……本当は、ずっと……お呼びしたかった」

嬉しそうに微笑まれて、俺の胸に熱いものが込みあげた。久々の笑顔を目にして、日本に戻れなくてよかったと心から思う。

俺も黙っていたけどずっと隆俊に言いたいことがあった。想いが通じあったいまならば口にしても許されるだろうかと、勇気をだして舌を動かしてみる。

「あのさ……隆俊くん。俺も、お願いがあるんだが」

「なんでしょう」

「きみの頭の耳を……さわらせてほしい。興味本位じゃなく……恋人として」

ちいさな声でお願いすると、隆俊が耳をむけてきた。

「どうぞ」

差しだされた左の耳を、俺は手を伸ばしておずおずとさわった。丁寧に撫でて、手を離すと、俺は唾を飲み、緊張しながらもういちど口を開いた。

「それからさ」

「はい」

「俺の耳も、きみに、さわってほしいんだ……俺にはちいさい耳しかないけど……」

隆俊が驚いたように目を見開いた。視線が俺の顔から耳に移る。

その視線に耳が熱くなった。

「あなたの、耳に」

隆俊のためらいが伝わる。ウサ耳族にとって互いの耳をさわるのは、とても大切な行為のようだと理解している。もしかしたら、ちょっと気持ちが通じあったぐらいではさわりあってはいけないものなのかもしれない。俺の耳をさわりたいと思うほどには心を開いていないかもしれないと不安が頭をもたげ、弱気になりかける。

「嫌だったら、いいんだけど」

「いえ」

だが隆俊はきっぱりと首をふった。俺とおなじように緊張した様子で表情を引き締め、俺の耳に手を伸ばしてきた。

耳にかかる髪を梳《す》かれ、そっと、指先で撫でられた。

「……ん……」

ふれられた瞬間、俺の中でふつふつと湧いていた熱い感情がいっきに膨れあがり、目頭が熱くなった。視界がぼやけ、こらえきれない涙が溢れる。

「あ……痛かったでしょうか……？」

俺の涙に驚いた隆俊が指を離す。

「ちが……っ」

そうじゃないのだと俺は泣きながら首をふった。

「ごめん……嬉しくて……」

耳に、初めてさわってもらえた。

隆俊に恋人だと受け入れてもらえたのだ。

そう思ったら、幸せすぎて涙がとまらなくなってしまった。

隆俊が俺の泣き顔を見て、なんだかたまらなそうな顔をした。それからもういちど俺の耳にふれる。

丁寧に耳朶《みみたぶ》を撫でられ、その指先の感触に、身体がぴくんと揺れる。

「……っ……」

「……もしかして、耳が感じるのですか」

そんなことを訊かれても、俺の性感帯は隆俊にさわられたところしか自分では知らない。

とはいえ、耳に息を吹きかけられたりすると敏感に反応してしまうことはあったから、感じやすいのかもしれない。

俺の反応を知ると、隆俊がふいに顔を寄せてきて、耳朶を舐めた。

「……あ……っ」

背筋がぞくりとし、変な声が出てしまった。尖《とが》らせた舌先で耳の奥まで舐められ、耳朶をしゃぶられ、甘い刺激に身体が震える。隆俊を受け入れているところも収縮し、気持ちよく感じていることを相手に伝えてしまう。

「すごい……私を締めつけてきますね……」

「あ……っ、だ、って……っ、……んっ」

「こんなことなら、もっと早く勇気をだして、さわっておけばよかった……」

「あ、ん……っ」

俺は唐突に襲われた快感に身悶えて、腰をくねらした。それにあわせて隆俊がゆっくりと腰を動かしはじめる。

「泰英さん……」

名を呼ぶ声が俺の鼓膜を震わせ、それすらも甘い快感となる。徐々に律動が加速していき、熱をあげるように身体を揺すられる。俺は夢中で腕を伸ばし、彼の首にしがみついた。

「あ……隆俊く……、……好き……、……っ」

快感に追いあげられて、感情の箍《たが》が緩む。

隆俊が好きだ。

どうしようもなく、好きだ。

誰よりも、なによりも、いとおしく思う。

日本に帰ることよりも、俺はこの男のそばにいることを望む。

身体の中で膨れあがっていっぱいになり、しかし出口がなくて窒息しそうだった想いを、俺は年甲斐《としがい》もなく口にした。

「……すき……」

口にしたら、堰を切ったように想いが溢れてくる。ずっと言いたくて、でも言えなかった言葉を口にできた喜びで身体が満ちる。

「っ、……すき、だ……っ」

「私も……」

隆俊が熱っぽく応じ、腰を打ちつけてくる。繋がっている部分から生みだされる快感は腰を甘く溶かし、四肢を痺れさせる。

今日は三度目の交わりになる。すでに中に出されたものが奥に残ったままで、中は潤みきっていた。抜き差しされるたびに泡立ったような卑猥《ひわい》な音が響き、身体を熱くさせる。柔らかな内部を情熱的に突かれ、そこが快感に痙攣《けいれん》しはじめる。内股《うちまた》も痙攣し、下腹部も震え、全身へと広がっていく。

繋がっている部分も、身体も、吐息も、すべてが熱く燃えあがり、嵐のような悦楽が巻き起こる。どうしようもなく気持ちがよくて、制御が利かなくなる。

「は、あ……、も……達きそ……っ」

男のがっしりとした腰に脚を巻きつけ、猛りを根元まで呑み込むと、奥深くまで届いた。腰に力を入れて、みっちりと埋まったものをぎゅっと締めつけると、身体の中で、彼の猛りがいっそう硬くなったのを感じた。

「このまま、いいですか」

「ん……っ、いいよ……っ」

高みはすぐそこで、唇を嚙《か》み締めて最後のひと突きを待ちかまえる。

「――っ」

ずんといいところを突かれた瞬間に頂点へ達し、白濁した欲望を腹の上に吐きだすと、身体が上空へ昇ったような浮遊感に満たされた。さらにもうひと突きされて、身体の奥に多量の熱を注がれるのを感じる。満ちた感覚は羽毛のようにふわふわと舞い降りてきて、快感に痺れていた指先に知覚が戻ってくると、ほうっと吐息を吐きだした。

楔《くさび》が抜け、身体を弛緩させたら、となりに横たわった隆俊に抱き寄せられる。達したあとのけだるい余韻に身をゆだねて脱力していると、隆俊の嬉しそうな瞳に見つめられているのに気づいた。

その表情に、胸がきゅっと絞られ、頬が染まる。恥ずかしくなって目をそらすと、ふっと微笑まれた気配がし、耳朶を優しくさわられた。

ずっとこうしていたいと思えた。

いつも隆俊はことを終えると帰ってしまう。今夜も落ち着いたら自室へ戻るのだろうか。想いが通じた今夜ぐらいは朝までいっしょに過ごしたいと思うのだが、甘えてみてもいいだろうか。

そんなことを考えていたら、隆俊のほうがそれを提案してきた。

「今夜はこのまま、朝までごいっしょしてもよろしいでしょうか」

「あ……、うん。……いま、俺もおなじことを思ってた……」

照れながら頷くと、隆俊が嬉しそうに微笑む。

「よかった……。これまでは、失礼にならぬようにとすぐに退室しておりましたが、本当は、こうしてあなたを腕に抱きながら朝を迎えたいと思っていました」

いままで帰るときはいつも後ろ髪引かれ、寂しい思いだったのだと告げられ、きゅんとする。

「俺も……」

俺は隆俊の広い胸に甘えるように頬を寄せた。

耳を撫でられる感触が心地いい。

ものすごく照れ臭かったが、幸せで、また涙が滲みそうだった。

十一

隆俊と想いが通じて二週間が過ぎた。

現金なもので、好きな人と想いが通じると、この地で暮らすことに根を張る気持ちが出るというか、覚悟ができてきたようで、俺は農作業の助力に対して腰を据えてとり組むようになっていた。

学ぼうと思えばなんでも学べる先進国日本にいたというのに、己の知識の乏しさが残念だ。こんなことならもっといろんなことに興味を持って勉強したのになあとこの歳になって悔やまれるが、悔やんだところでしかたがないのでできる範囲でがんばり、同時に、楽しもうと前向きに考えている。

冬場の保存食をいまから考えてみたりするのも楽しい。そのうち薬草や食料になりそうなものはないか山に探しに行きたいとも思う。島での暮らしは質素で大変だが、だからこそおもしろくもある。カメラも携帯もパソコンもなくても不自由に感じないし、その気になれば退屈しているひまもない。

やってみたいことはいくらでも思いつくが、時間はあるので焦ることはないとのんびり構えている。

ウサ耳もだいぶ見慣れてきたが、隆俊の耳をさわるのは毎晩続けている。

「隆俊くん、散歩にでも出かけないかい」

その日、いつもより早めに部屋へやってきた隆俊を俺は散歩に誘った。

「これからですか」

「そう。夕日を見に行こうよ。今日はきっと綺麗《きれい》だよ」

障子を開けると、夕暮れの空がオレンジ色に染まっていた。細い雲が幾重にもたなびいていて風情のある様相である。

抱きかかえられて敷地から出ると、俺は自分で歩きたいと言って腕から降ろしてもらった。

「人はいないし、だいじょうぶだから」

陽が暮れてくると出歩く者はあまりいない。いきなり襲われることはないだろうからと説得し、となりに並んだ。

そして、手を繋いだ。

まあ、つまり、なんだ。これがしたかったんだ。

俺は照れて顔が赤くなっているだろうが、身長差があるから隆俊からは見えないだろう。

ふたりで手を繋いで日没時の道を歩いた。

「海のほうへ行こうか」

「海ですか……」

隆俊がやや渋い声をだしたので、俺は明るく言った。

「聖人の教えかい？　ワニだったら、水辺に近づかなければ問題ないんじゃないか」

「ワニもそうですが、あなたが……」

「きみももう知ってるだろう。俺は帰れないし、帰らないよ」

海辺に立ったぐらいで日本に戻れないことは実践済みだ。

だから心配するなと握る手に力を込めると、強く握り返された。

「あんなに綺麗な海と砂浜があるのに、海に沈む夕日を見に行かないだなんてもったいないじゃないか」

海岸へたどり着くと、陽は海に沈みかけていた。オレンジ色の光が染みだすように横に流れて潰《つぶ》れ、見る見るうちに海に溶けて消えていく。陽が完全に海に沈んでも、しばらくのあいだは空は明るく、雲に水彩画のようなやわらかな陰影をつけて日暮れ色に染まっていた。

砂浜にある岩にふたりで腰かけて、暗くなるまで空を眺める。

俺は職業柄、綺麗な景色やおもしろい被写体を見ると無意識に構図を考えてしまう。ここは電線などの邪魔な人工物がいっさいないから、ストレスフリーで考えられて気持ちがいい。美しい世界。カメラがあればなあなんて、せっかく恋人と過ごしているのに無粋《ぶすい》なことをつい考えてしまう。

　隆俊の姿も、カメラに収めたいと思うこともあるが、それよりも、自分自身の目と脳裏に焼きつけておきたいと思い、陰を帯びた横顔をじっと見つめた。

　会話は必要なかったが、俺は口を開いた。

「その、訊きたいことがあったんだが」

「はい」

「以前きみは、その……欲求不満だと言ったことがあっただろう。俺だと、物足りないかな」

　海岸で夕日を眺めながらする会話ではないだろうと自分でも思うが、あえて言う。訊きたいことは溜め込まずに言い、確認すべきだと最近は思うのだ。

「いいえ」

「でも、本当はもっとしたいんだろう？　みんなは、複数の相手としたりするようだけど、その……」

「私は、あなた以外の者と交わりたいとは思いません。あなたに毎日お相手をしていただいているので、満足しておりますよ」

　隆俊が優しく微笑み、俺の手を握った。

「あのときは、想いが通じなくて気持ち的に満たされていなかったのですが、いまはじゅうぶん満たされています」

「だったらいいけど」

「その点については、私のほうこそ心配です。ご無理をさせていないかと」

「うん、まあ……いまのところは」

想いが通じあってからは、一日のエッチは朝晩に戻っている。一緒に寝てるからなしくずしにするようになったのだけれど、俺の身体を気遣って抱いてもらっているので、さほど辛いことはないし、愛されていると実感できて幸せだったりする。

「生涯、私はあなただけのものです」

隆俊が俺の手をとり、その甲にそっとくちづけた。いつぞやの誓いを思いださせる行為。そして俯いたまま、色気の滲んだ深い色の瞳を俺にむけてくる。

「こんな話をしたら、早くあなたと交わりたくてたまらなくなってしまいました。そろそろ屋敷へ戻りませんか」

「ん……」

照れながらも同意した。俺も早く抱きあいたい。

空はすっかり暗くなり、東の空からは満月が昇っていた。

岩から降り、屋敷のほうへ戻ろうと踵を返す。そのとき、ふと白いものが視界の端を通り過ぎていった。

「あれは」

ふり返ってみると、白い子ウサギだった。その後ろ姿は、この島へやってくるときに追いかけたウサギそっくりだ。

この島にはウサギはいないんじゃなかったのか？

ウサギはぴょこたんと跳んで波打ち際へむかっていく。そして波に怯《おび》えることなく海水にじゃぶじゃぶと入っていく。

「おい、危ないぞ――」

海にはワニがいる。食べられてしまうじゃないか。

ウサギを救おうと俺はあとを追った。

「兎神――泰英さんっ！」

背後で隆俊の叫ぶ声が聞こえたが、そのとき俺はウサギを追うことしか頭になかった。母親の手を離れて踏み切りの中に入り込んだ幼児を目撃し、とっさに身体が動く――そんな心境だったかもしれない。波に足が濡れる。もうすぐ捕まえられると腕を伸ばしたとき、突如としてウサギの姿が消えた。え、と驚いた瞬間、大波に足元を攫われ、転びかけた。とっさに前へ一歩、足を踏みだしたのだがなぜか砂の感触がなく、落とし穴へ足を突っ込んだかのように身体のバランスを失って前のめりになる。俺は叫ぶ間もなく波に呑み込まれ――。

気がついたら、土の上に倒れていた。

「へ……？」

薄暗く、湿った土と草の匂い。木々のあいだから差し込む月明かり。俺は木の幹にもたれるようにして山の斜面に転がっていた。

しばらく状況がわからず、呆然としてしまった。

混乱したまま起きあがって周囲を見まわすと、斜面の上のほうに道があったので、そちらへのぼってみる。

俺は薄桃色の着物を着ている。草鞋《わらじ》を履いていたはずなのだが脱げたようで、裸足《はだし》だ。

道は舗装されていた。街灯もある。どことなく見覚えのある景色。

「…………」

アスファルトの道を下っていくと、やがて堤防が見え、海が見え、灯台が見え、コンクリの建物が見えてきた。

大久野島だった。

そこで俺はぴたりと足をとめ、踵を返し、来た道を駆けあがっていった。

隆俊。隆俊。

心の中で名を呼びながら全速力で走り、自分が転がっていた場所へ戻ってみる。その付近を目を皿のようにして見てみるが、巨大なウサギ穴はなかった。ウサギ穴を探しながら道を登っていくうちに、展望台まで来てしまった。

展望台には年頃の女の子三人組がいて、すわりこんで喋っていた。女の子たちはウサ耳じゃなく胸もあって小柄だ。髪も長い。俺はふしぎなものでも見るように三人を眺め、それから放心気味なまま道を下った。

帰り道もウサギ穴を探してみたが、やはり記憶にある巨大な穴はどこにも見つからなかった。漠然とした不安がひたひたと忍び寄り、俺を包囲する。

どうやら日本に戻ってきてしまったのだということは、理解した。

しかし喜ぶ気持ちは微塵も起きない。

あちらに定住する覚悟ができたところだったのだ。もう戻れることはないだろうと思っていたから、唐突に戻されて、どうしたらいいのかわからない。

どうして。

日本へ戻る瞬間の、あの島での風景がぐるぐると目まぐるしく脳裏に浮かぶ。白い子ウサギ。夜の海。満月。隆俊。

隆俊。

最後に耳にした、隆俊の俺の名を呼ぶ声が思いだされる。

せっかく想いが通じあったというのに、まさかもう会えないのだろうか。

こんな別れ方をして、これで一生お別れ……？

思い至った考えに、背筋が震えた。

そんなのは嫌だ。

嫌だと思うが、じゃあどうすればいい。俺を導いた子ウサギも、巨大なウサギ穴も姿を消してしまっていて、戻る道は見当たらない。

頭に浮かぶのはあの男のことだけだった。しかしどうすることもできない。どうやって戻れるのか見当もつかない。あまりにも唐突過ぎて、夢のようで、現実感が湧かない。涙も出ない。

混乱しすぎて完全に頭がショートした俺は、夢遊病者のようにふらふらと宿泊所へむかった。

フロントの男性に名を告げると、たいそう驚かれた。

「いったい、いままでどこへ」

「……。今日の、日付は……」

どこにいたかなんて、なんと説明すればいいかわからなかった。

日にちは俺が失踪してからひと月半が過ぎていて、時間の経過はむこうといっしょだった。

カメラや荷物は保管されていて、とりあえず着物からTシャツとジーンズに着替えた。

当然警察に通報されていたため、ひと晩宿泊所に泊まった翌日、島へやってきた警察官から事情聴取を受けた。

「お騒がせしてすみません。自分の存在を消したくなったというか……。いったん島から出て、あちこちを転々としていました。ここには、昨日の夕方の便で戻ってきました」

ウサギ穴から異世界に行ってたんですなんて話すことはできず、俺は適当に話を作り、失踪癖のある男のように振る舞った。

「そんなことをしたら、みなさん心配するでしょう」

「まだなにか？」

警察官に説教されたのち、本土の警察署にもくるように言われた。

「事件性は低そうですけど、いちおう。事務処理もまだありますので」

「ですが」

「なにか問題でも？」

「行かなきゃいけないところがあるんです。警察に行っている場合じゃないんです」

「どこですか」

どこかなんて、俺のほうこそ知りたい。

「言えないですけど、でも、でも、行かないと……」

頭は混乱したままで、どうすれば説得できるかわからない。焦りは募るばかりで、子供のように駄々をこねたい衝動に駆られる。

自分でも自分の感情を把握しかねて、なにがしたいのかさっぱりわからないが、とにかく大久野島から離れたくなかった。犯罪を犯したわけでもないのだから放っておいてくれと言いたかった。苛立《いらだ》ちと焦燥が沸き起こり、逃げだそうかとも思った。だが俺は二十九になる大人の男だ。一般的日本人だ。こんなときは個人の感情よりも、社会的秩序を優先させてしまう。一、二ヶ月ウサ耳族の中で暮らしたぐらいでは、それは変わらない。

下手《へた》にごねたりしたら、なにかあると怪しまれて、拘束時間が長くなりそうだと頭が働いた。離れたくはないが、ここは従っておくべきだろうと思って感情を抑える。

暴挙に出るどころかごねることもできず広島の警察署へ行き、事務処理を終えた。島から離れてしまうと、夢から覚めたかのようににわかに友人知人を思いだし、俺は東京へ戻った。きっと迷惑をかけたはずなので、家へ戻る前に、大久野島の撮影依頼をくれた出版社へ顔をだす。

「稲葉さん、無事だったんですかっ」

担当編集者は驚きながらも心配して迎えてくれた。音信不通になってしまった事情については濁しながらも、仕事ができなかったことを謝ると、あれはべつの人に頼んだからだいじょうぶとのことだった。新たな仕事の打診をされ、自宅のマンションへ帰った。室内は大久野島へ出かける前となんら変わらない。冷蔵庫のものが腐っていたぐらいか。

住み慣れた部屋のベッドに腰をおろし、窓の外のビルや電線ばかりの見慣れた景色を眺めて、は、と息をつく。携帯の履歴を見て、心配していそうな友人や、田舎の親父《おやじ》に連絡し、無事であることを告げる。

それからまた、大久野島に行く前とおなじ生活がはじまった。

なにもかもがうそみたいだった。

ふしぎなほど感情は平坦で、なにも感じなかった。頭に霞《かすみ》がかかったようで、なにも感じることができなかった。

心を、大久野島へ置いてきてしまったようだった。

いや、置いてきたのは、べつの島のほうか。

どちらにしても、東京からはずいぶんと遠い場所に感じられた。

明日の食事のために、俺は流されるように仕事を再開する。

俺の仕事の専門は建築物や風景だ。都内に新しくできた娯楽施設を撮る日もあれば、地方へ出かけ、いい霧が出るまで何日も待って山を撮影するときもある。業界仲間から酒に誘われ、夜の街に出かけたりもする。

不規則だが刺激的でもない日々。淡々と過ごしながらも、眠っているとき以外はずっと隆俊とあの島のことを思っていた。

日本にいるいまでも夢を見ているような気分だった。現実感がなかなか戻ってこない。まるでいまのほうが夢の中にいるような気がしてくる。

あれはなんだったのだろう。

ひと夏の恋をした、夢でも見ていたのだろうか。

カメラをかまえた先のアスファルトの道が夏の太陽に熱せられて、蜃気楼《しんきろう》のようにゆらゆらと空気を揺らしている。

蜃気楼のような。幻のような、できごと。

このまま日本での生活を続けているうちに、あの記憶は埋もれていくのだろうか。

ざざん――。

波の音がする。

東北の海岸沿いの道から工場を撮影していた俺は、ふと波音に誘われてカメラを下ろし、道の横にある土手の上へあがった。

そこには広い砂浜と海が広がっていた。波の高い太平洋の海だ。大久野島のある静かな瀬戸内海ではない。人工的な堤防があり、桟橋があり、船もある。

しかしあの異世界の島から見える海のように、広々と長い水平線が続いていた。放心したように、延々と海を眺めた。

砂浜。磯の香り。水平線。水平線。水平線。

深い海を思わせる瞳を思いだす。

力強いまなざしが、脳裏によみがえる。

「……あれ……」

気がついたら、俺は涙を流していた。

日本に戻ってきてから二週間が過ぎていた。それまで、あの島に置いてきてしまったとばかり思っていた感情がようやく息を吹き返し、身体の中に烈《はげ》しい渇きが噴きあげた。

日本には、安定した仕事がある。飢えたり凍えたりしない、便利な暮らしがある。親父や友人がいる。だが、ひとつだけ足りないものがあった。どうしても、ほかのものでは補えないものがあった。

「ああ……」

会いたい。隆俊に会いたかった。

夢のようだった、なんて、なにをばかなことを考えているんだろうといまに至ってようやく思った。

ひと夏の夢にしてしまうつもりなのか。

このまま忘れるつもりなのか。ばかじゃないか。

あれは夢じゃない。あの島の着物も記憶もある。たとえそれらをなくしても、俺の身体は隆俊を覚えている。

肩にかけていたカメラバッグがドサリと落ちる。

俺は急に頭がおかしくなった人のように、わあああっと奇声をあげ、海にむかって走りだした。感情の制御が利かない。なにか、暴力的な衝動が身体の奥から沸き起こり、自分の身体を痛めつけたい気持ちにかられたのだ。

いきおいそのままに桟橋からざぶんと海に飛び込んだ。夏とはいえ冷たい海の中に頭まで浸すと、自分のすべきことが見えてきた。

黙々と海からあがり、来た道を急ぎ足で引き返す。アスファルトを力強く踏みしめる。

「……行かなきゃ」

なにを。なにをやってるんだ俺は。のろますぎる。流れにのんびり流されている場合じゃないだろう。

隆俊はきっと俺を探してる。海に入って探し、そして戻ってくるのを待っている。

早く帰ってやらないと。なにがなんでも、帰らないと。

いつも流されてばかりであらがわずに生きてきた俺だが、いま踏ん張らないで、いつ踏ん張るつもりだ。

俺はなりふり構わず急いで飛行機に乗り、大久野島へむかった。東北から瀬戸内は遠い。

しかし運よく最終便のフェリーに間にあい、その日のうちに島へ着いた。

今夜は新月。最初にあの島へ行った二ヶ月前といっしょだ。

こちらから行ったときは新月。あちらは満月の夜だった。そしてどちらの場合も白ウサギが出現していた。

異世界へ行くには、きっとあのウサギが関係している。

宿泊所へは行かず、俺は展望台へ続く道にむかった。あのとき白ウサギが出現した辺りで地べたに腰をおろし、陽が暮れるのを待った。

やがて夜になり、街灯がつく。

二ヶ月前にウサギを追いかけた、あのときは何時頃だっただろうか。夜更けでもなかったはずだ。

あれこれと考えながら、ウサギが現れるのをひたすら待ち続け、時間が過ぎていく。

白ウサギと月の満ち欠け以外に、考えつくものはなかった。

聖人の手記も思いだしてみるが、あれにはヒントになることはなにも書かれていなかった。

だがいまになって考えてみると、聖人が海に近づくなと言ったのは、はたしてワニのためだけだったのだろうかと疑問に感じたりもする。聖人は、海から日本へ戻れることに、なんらかの形で気づいたんじゃないのか。だから海には近づくなと言ったんじゃないか。聖人たちは日本では抹殺される身の上だった。それが異世界に迷い込んで一命をとりとめたのだ。もし間違ってウサ耳族が日本へ来たりしたらどうなるか、聖人には想像できただろう。だから子孫たちに海に出ることを禁止したんじゃないか。

そんな考えはなんの根拠もない、俺の勝手な妄想でしかないことはわかっている。だがそんなふうに考えれば、聖人が海に出ることを強く禁止した理由に納得がいくし、なにより、俺の心の支えになった。

きっと、またあちらに渡れる。

導いてくれる白ウサギにさえ出会えれば。

俺は祈り続けて白ウサギを待った。

もしかしたら、いまおなじ時間に隆俊も海辺で待ってくれているのかもしれない。おなじように空を見あげているのかもしれない。彼はきっと祈ってくれているだろう。そう思うと、遠く離れていても心はそばにいるように感じられてきて、心強くなる。

夜は急速に更けていき、それから中だるみのようなときが過ぎる。悶々として立ちあがり、腕時計に目を落とし、またすわる。それをくり返しているうちに、やがて空が白みはじめた。

けっきょく白ウサギは出現せず、異世界へ続く巨大ウサギ穴も出現せず、一夜が過ぎた。

「……なんで……」

ほかになにが必要なのか、わからなかった。

偶然を待つしかないのか。

「そりゃね……。毎月毎月そう簡単に渡れたら、いま頃あそこは観光地だよな……」

離れがたいが仕事がある。朝の最初の便で、俺は東京へ戻った。

そう簡単に異世界には行けないと悟り、すこし冷静さをとり戻した俺は、新幹線に乗りながら今後のことを考えた。二週間経ってようやくショックから立ち直り、建設的なことを考えられるようになってきたというべきか。

まず、必ずまた戻れると信じることにした。根拠はなくても、ここが揺らいではいけない。ともかく信じる。俺は、あの島へ心を置いてきてしまったのだ。戻れると信じなければ、立ち行かない。その上で、長期戦の構えでいくことにした。

いつ戻れるかわからないから、ずっと大久野島に居続けることはできない。生活のためには仕事を続けなければいけない。幸いなことに自由業だからスケジュール調整はしやすい。すこし仕事量を減らし、定期的に島へ通うことに決めた。新月と満月の日に。

それから勉強をし直す。本当は俺は神ではないが、信じてくれる人たちのために、役立つことを勉強しようと思う。そして兎神の言い伝えを本当にしよう。

あの島で兎神としてやっていくには、凡人の俺では知識が足りない。顕微鏡どころか虫眼鏡すらない場所だ。日本の大学で学ぶようなものではなく、もっと直接的で実践的な知識がほしい。隆俊の国づくりに協力したいのならば、政治や経済などにも詳しいほうがいい。

都内に着くと、俺は大学時代の友人に連絡をとった。大学で助教をしている者もいれば、地方の農業試験場に勤めている者もいる。その辺りからまずは教えを乞《こ》い、人を紹介してもらった。発展途上国に技術指導をしているＮＰＯ法人などにも実践を学ばせてもらえることになった。また写真家という職業によるコネもある。取材と称してあちこちに足を運んで学んでいき、移動中はひたすら専門書を読みふけった。

そんな日々が過ぎ、スケジュールが空いた日、俺は田舎の実家へ帰った。

「おう、母さん。ひと月半も行方《ゆくえ》をくらませてた息子がいま頃ひょっこり顔を見せに来たぞ」

俺の顔を見るなり、親父はおふくろの遺影のある仏壇へ話しかけた。

「心配かけてごめん。すぐに顔を見せにこられなくて悪かったよ。忙しかったんだ」

俺は苦笑して親父に言い、仏壇の前にすわって線香をあげた。

おふくろ、ただいま。俺、好きな人ができたんだ。その人のところに行きたいんだ。だから悪いけど、親父のことをよろしく。

手をあわせて天国のおふくろに話し終えると、俺は親父と座卓で晩酌をした。

「で、けっきょくおまえ、なにに巻き込まれてたんだ」

枝豆を摘みながら、親父が尋ねる。俺は淡々と答えた。

「瀬戸内の大久野島って島にいたんだけど、気がついたら、べつの知らない島にいたんだ」

「ほう」

「んで、そこで生活をしてた。それでまた気づいたら、大久野島に戻ってたんだ」

「誰かに攫われたってことか？」

「気を失ってたからわからない。島にいたのは外国人かな」

「それって、まだ事件は解決してないってことだよな。だいじょうぶなのか。目的はなんだったんだ」

「さあ」

友人知人にもこのように話しているが、よく無事だったなと誰もが心配してくれる。俺は事実しか話していないが、みんな、それぞれ解釈している。

「島では、俺はとても大事にしてもらってたよ。だからだいじょうぶ」

俺はビールを飲み、まじめな口調で話を続けた。

「そこは、未開の地だったんだ。島人みんなが、俺を必要としてくれた。日本で写真を撮る仕事は、絶対に俺じゃなきゃいけないわけでもなくて、いくらでも代わりはいるけど、そこでは俺の代わりはいなかったんだ」

親父が枝豆をとる手を休めて俺を見つめる。

「俺のほうでも、必要としている人が、そこにいる。だから、またそこへ行くつもりなんだ」

「……おまえを攫ったやつらの元に戻るっていうのか」

「彼らが俺を攫ったわけじゃないよ」

「……どこだ。場所は」

親父が不機嫌そうに低い声をだした。

「わからないんだ」

「わからないのにどうやって行くつもりだ」

「方法がないわけじゃない……はず」

「おまえ、頭がおかしくなったか」

俺は両手を膝の上に置いて、まっすぐに親父を見た。

「放蕩《ほうとう》息子でごめん。そんなわけだから、急遽《きゅうきょ》行けることになって、連絡できなくなるってこともあるかもしれない。未開の地だから、渡ったら電話も手紙も届かないと思う」

「なんだそりゃあ……」

それから親父は黙ってしまった。俺がなにを喋ってもぶすっとして返事をせず、テレビをつけて見はじめてしまう。

理解を得られるとは思っていなかったし、この反応は想定していた。また突然いなくなる可能性があることを伝えておきたかったので、とりあえず目的は達成した。

親父、ほんとにごめん、と心の中で謝った。

「親父。風呂は」

「入る」

親父は先に風呂へ入り、寝室へ行ってしまったので、俺も風呂に入ったあと、二階の自室へ行った。

それからひと眠りしたのち、物音がした気がして夜中に目を覚ました。ついでに用を足しておこうと一階にあるトイレへ降りていったら、居間の灯りがついていて、親父が仏壇の前でビールを飲んでいた。

「親父、また飲んでるのかい」

親父はこちらにちらりと目をむけると「ん」と唸《うな》るような返事をし、不機嫌そうに瓶ビールをグラスに注《つ》ぐ。

「泰英」

俺はその背中をすこし見つめ、用を済ませたら酒につきあおうと思い、トイレへむかった。

トイレから出ると、俺が声をかけるより先に親父に呼びとめられた。

「さっきの話だが」

「なに」

俺は自分のグラスを持っていき、親父の横に胡坐をかいた。

「おまえが必要としてる相手がいるって言ってたな」

「ああ」

「どんな子だ」

「すごくまじめで、いい子だよ」

「俺には紹介してくれないのか」

親父は相手を女の子だと思っているようだが、あえて男だと言う必要もない。俺は穏やかに応えた。

「紹介できればいいけど、たぶん連れてこられない気がする。俺も、いつ戻ってこられるかわからない」

親父はビールを飲むと、仏壇のほうをむいて鼻を鳴らした。

「おまえがカメラマンになるなんて言った時点で、異国の戦場かどっかで野たれ死ぬんだろうと思ってたさ。おまえの人生だ。好きに生きりゃいいさ」

「……戦場じゃないから、命の心配はしなくていいよ」

親父の横顔を俺は静かに眺めた。忙しさを理由にしばらく帰っていなかったから、会うのは一昨年の正月以来だ。そのときよりも、目尻《めじり》と額のしわが増えていた。しばらく見ないうちに、ずいぶんと年老いたように見えた。

「どこだか知らんが、好きな人がいるなら、それで生きて会えるんだったら、全力で会いに行くべきだろうさ。会えなくなってから後悔したって遅い」

親父がおふくろの遺影を見つめて、俺に語る。

「……うん」

「それからな。これは覚えとけ。俺と母さんの息子に代わりはいねぇぞ」

「……うん。ありがとう」

親父は口をへの字に曲げて、グラスの残りのビールを飲み干した。

「おら。酌ぐらいしろ、ばか息子」

俺の雰囲気からなにかを察したのだろう、親父はその島のことについて、それ以上は詳しく訊こうとはしなかった。それから酔い潰れるまでふたりで飲んだ。

十二

親父との別れも済ませ、身のまわりのことも片付けて、いつ異世界に行っても問題ないように準備を整えた。それなのに、肝心の白ウサギに出会うことができなかった。

そして気づいたときには次の年の夏を迎えようとしていた。

「もう、一年かぁ……」

新月の夜である。いつものように大久野島に来た俺は、月のない真っ暗な空を見あげた。

隆俊はどうしているだろうか。いまも俺のことを待っているだろうか。

「待ってるだろうな……」

会えない人のことを想い続けるのは難しい。記憶は徐々に薄れていくものだ。だがあの地での生活は強烈に脳裏に刻みついていて、隆俊は俺の中に住み着いていた。

この一年、会えないけれど、気持ちは繋がっている気がした。いつでもそばにいるような気がしていた。そんなふうに思っているのは俺のほうだけで、隆俊は俺のことを忘れて新しい恋人を作っていたりしたら悲しいが、きっと、それはないと思えた。

宿泊所で温泉に浸《つ》かり、夕食を食べたあと、いつものように、去年白ウサギを見かけた場所へむかう。

俺が白ウサギと出会ったのが、ちょうどいまから一年前の新月の日だった。だから、というか、やっぱり根拠としては弱いのだが、俺は予感を抱いていた。第六感が俺に確信させる。今夜だと。

ただの勘だが、ただの勘ほど無敵なものはないことも、世の中にはあったりする。

いつもは服を着て待つのだが、今夜は宿泊所の浴衣を着ている。浴衣で外をふらついていても寒くない季節になったのと、むこうへ渡れたときも浴衣だったから、願掛けのつもりだ。

初夏の夜風に髪が靡《なび》く。この一年、これもやっぱり願掛けで髪を切らずにいた。肩につきそうなほど長くなった髪は、普段はひとつに括《くく》っている。

展望台へ続く道を、いつものようにのんびり登っていく。今夜はきっと会えると強く信じている。絶対に近い自信があった。しかし会えなかったとしても、俺はまたここへやってくる。いつか動けなくなる日まで、ずっと通い続けるだろう。

「……あ」

もうすこしでいつもの場所につく、というとき、俺の後方から音もなくするりとやってきて、追い抜いていくものがあった。

子ウサギだ。あの、白い子ウサギ。

「……来た」

ぞくぞくと背中に震えが走った。

白ウサギはちらりとふり返って俺を見て、それからぴょこたんと跳んでいく。

待ってたんだよ、きみを。

興奮を抑えきれず、胸を高鳴らせながらそのあとに続く。つかず離れず白ウサギを追いかけていくと、いつのまにか、あるはずのない道に迷い込む。異世界に行けるときしか現れない道。躊躇《ちゅうちょ》なくその道を踏みしめる。

やがて一年前とおなじように、ウサギが道の端のほうへ飛び跳ねて消えた。斜面には、巨大なウサギ穴。異世界への入り口が、パックリと大きな口を開けて待っている。俺は破裂しそうなほど高鳴る心臓を押さえ、大きく息を吸い込み、いきおいをつけてその穴を目がけて地を蹴《け》った。

次の瞬間、目の前が暗くなり、方向感覚を失った。浮遊感を感じ、天と地がわからなくなって夢中で歯を食いしばった数秒後、全身が濡れる感覚を覚えた。口の中にも鼻にも入ってくる。

海水だ。塩辛い。

呼吸ができない恐怖を感じたのは一瞬だった。すぐに空中に身体が放りだされ、平衡感覚をとり戻す。

波の音を聞き、手足に濡れた砂の感触を感じて目を開けると、俺は砂浜にうつ伏せに倒れていた。

辺りは夜だった。起きあがり、顔をあげる。すると数メートル先の闇がゆらりと揺れた気配がした。

「……は……」

揺れたのは人影だ。砂浜にひとりの男が立っていた。幽霊にでも遭遇したかのような顔をして俺を見ている。

俺は立ちあがり、よろめきながらその男のほうへ近づいていった。彼もふらりと俺のほうへやってくる。

それは懐かしい顔だった。この一年、ずっと胸に抱いていた面影よりも、すこし痩《や》せたかもしれない。しかし紛れもなく惚れた男その人だった。

疑うようにふらふらと歩いていた俺たちは相手が誰かわかると、互いに転がるように駆けだし、飛びつくようにして無我夢中で抱きあった。

深い懐《ふところ》に包まれ、きつく抱擁され、俺はこらえきれずに涙をこぼした。

言葉は出てこなかった。

隆俊も泣いているようで、吐息を震わせていた。

嗚咽の合間に、絞りだすような声が降りてきた。

「……会、いたか……っ……」

音にならないほどの掠れた声で、積もった思いを伝えられる。

「……信じて……おりました……」

その言葉と熱い抱擁に、夢じゃないのだと知らされる。

俺も伝えたい言葉は山のようにあるはずなのに、胸が震えて声にならない。

「待たせて、ごめん……」

どうにかそれだけ言って、大きな身体を抱きしめた。


「は〜、いい天気だなあ〜」

こちらに戻ってから数ヶ月が過ぎた。

初秋の穏やかな陽射しを浴びて、俺は縁側で日向《ひなた》ぼっこをしている。見おろすと、俺の膝《ひざ》を枕にしてうたた寝している隆俊の寝顔がある。

ここは以前俺が使っていた離れの部屋ではない。役所の敷地のとなりに新築された一軒家である。

隆俊が、必ず俺が戻ってくると信じて、俺と暮らすために建てた家だ。

俺が作った試験用の畑も維持してくれていて、いくつもの種類の野菜を実らせているのを目にしたときは、隆俊が本当に待っていてくれたのだと知り、感激して泣いてしまった。

いまは日本で勉強したことをとり入れて、さらに改良を重ねている。結果が出るにはまだ早いが、明るい手ごたえを感じている今日この頃である。

「平和だなあ～」

独り言のつもりで呟いたのだが、背後から忍び笑いが届いた。

「本当に、そうでございますね」

答えたのは世話係だった。茶を運んできてくれて、俺の脇に盆を置く。

「いたんだ。まったくきみたち、忍者みたいだよ」

独り言を聞かれた恥ずかしさから、俺は照れ笑いを浮かべながら世話係へ顔をむけた。若い世話係も俺に笑顔を返そうとして、しかし俺の手元を見て固まった。

なんだろうと思い、視線の先を目で追うと、俺は隆俊の耳を撫でていたのだった。

耳さわりは神聖な行為のようで、あまり人に見せるものではないらしいと理解している。

だが、恋人同士になったのだからもう見られても問題ないんじゃないかなと思っていたのだが。

世話係は火がついたように顔を真っ赤にさせた。

「し、ししし、失礼致しました……っ！」

慌てふためいたように後退し、逃げだそうとする。

「え、ちょ、なんで……？」

その反応はなんなんだ。なにをそんなに驚いているのか教えてくれと頼むが、世話係は頑《かたく》なに首をふる。

「なななにって、なにって……こんな昼間っから、そんな、はれんちなことは……っ」

「……。はれんち？」

どういうことか問い詰めたところ、耳さわりは愛情表現の一種であると言うのは、かなりの量のオブラートで過剰包装した表現だったようで、実態はどうやら——変態プレイに近い行為らしい。

つまり俺は、毎晩隆俊に変態行為を強要していたらしい。そして隆俊にもやらせて、泣いて喜んでしまったということらしい。

よっぽど親密な恋人同士でないとしないから、愛情表現の一種であるというのは間違いではないようだが……。

「なんで教えてくれなかったんだ……」

目を覚ました隆俊に文句を言うと、彼は楽しそうに笑った。

「お会いしたばかりのときでしたから、こちらもなんと説明したら失礼に当たらないかと測りかねまして。まあ、ふたりだけの秘密にしたので問題ないかな、と」

「一番初めに俺がいきなりさわったとき、びっくりしたんじゃないかい」

「ええ、まあ」

「もしかして兎神は変態だと思ってた？」

「いえ。初めは、そんなことをするほど私をお気に召してくださったのだと、自分に都合よく解釈してしまいました。すぐに誤解だと知りましたが」

「そう……それにしても……。秋芳くんも、きみがさわらせるはずがないって言うわけだ」

なおもぐずぐずと文句を続けていたら、隆俊にからかうように尋ねられた。

「では、さわりあうのはもうやめますか？」

「う」

「私は、あなたの耳をさわりたいですけれど。とてもかわいい反応をしてくださるので」

「……きみがいいなら、いいけど……」

隆俊が蕩けそうなまなざしをして微笑み、俺の耳にふれてくる。

「誰かを驚かしてはいけないので、さわるのは夜にしましょう」

指はちょっとだけふれて、離れた。代わりに唇が降りてきて、耳に、頬に、ひたいに、キスを落とされ、最後に唇を重ねられる。

甘いキスを交わしあったあと、隆俊が思いだしたように、ところで、と話しだした。

「今度こそ、降臨の式典をおこないます」

「ああ、うん。来月するって、佐衛門さんからも聞いたよ」

「そのときに、この国の名前をあなたの口から、国民に告げてほしいのですが」

以前から、国の名を決めるという話は聞いていた。

「ああ、ついに決まったんだ。なんて名称になるんだい？」

「兎神のおわす国。あなたにあやかって、ウサギの王国、と」

ウサギの王国。

兎神の存在はともかくとして、この島にそれ以上にぴったりくる名前はないんじゃないか。

「いいと思うよ」

いかがでしょうと尋ねられ、俺は笑顔で頷いた。


おふくろ。そんなわけで俺はいま、ウサギの王国で暮らしている。

ちょっと変わったところだが、とびきり幸せに過ごしているから心配せず見守っていてほしいんだ。

草々

あとがき

こんにちは、松雪奈々です。この度は「ウサギの王国」をお手にとっていただき、ありがとうございます。


昨年、大久野島に行ってきました。

いやー、癒されました。

作中にも書きましたが、島中にウサギがたくさんいるのですよー。

三百羽ぐらいとのことでしたかね。野生ということですが餌付けされ慣れていて、人の姿を見つけると寄ってきます。

匂いもしませんし、人懐こくてとーってもかわいかったです。

でもみんな、野育ちなだけあって、けっこうたくましかったです。ケージ育ちとはひと味違うような気がします。

島には戦時中の建物が残っていたり、毒ガス資料館などもあり、考えさせられます。

そしてなにより素晴らしかったのは、展望台からの瀬戸内海の眺めでした。

本当に美しくて、よいところでした。

ほかにも広島市内や宮島などもまわったのですが、接した方々に親切にしていただいて、広島、とても好きになりました。

本当はほかの島々もまわりたかったのですけど、時間がなくて断念したので、ぜひまた訪れたいと思っています。今度はもうちょっと長く時間をとって、四国にも足を伸ばしたいなあ。

イラストは元ハルヒラ先生に描いていただきました。先生、素敵なイラストをありがとうございました。攻めなのにウサ耳という微妙な男、隆俊を格好よく描いていただき、また泰英もかわいく描いていただいて、とっても嬉しいです。

担当編集様、今回もご苦労をおかけしました。ありがとうございます。またデザイナー様、校正様もいつもありがとうございます。ほかのスタッフの皆々様にも感謝です。

それでは読者の皆様、すこしでも楽しんでいただけたら本望です。

またどこかでお会いできることを願いつつ。

二〇一二年七月

松雪奈々

✦初出　ウサギの王国……………書き下ろし

松雪奈々先生、元ハルヒラ先生へのお便り、本作品に関するご意見、ご感想などは
〒151-0051 東京都渋谷区千駄ヶ谷 4-9-7
幻冬舎コミックス　ルチル文庫「ウサギの王国」係まで。

幻冬舎ルチル文庫

ウサギの王国

2012年8月20日　第1刷発行
2013年8月20日　第2刷発行

✦著者　松雪奈々　まつゆき なな

✦発行人　伊藤嘉彦

✦発行元　株式会社 幻冬舎コミックス
〒151-0051 東京都渋谷区千駄ヶ谷 4-9-7
電話 03(5411)6432［編集］

✦発売元　株式会社 幻冬舎
〒151-0051 東京都渋谷区千駄ヶ谷 4-9-7
電話 03(5411)6222［営業］
振替 00120-8-767643

✦印刷・製本所　中央精版印刷株式会社

✦検印廃止

ISBN978-4-344-82592-5　C0193　Printed in Japan